누구나 `킥`이 필요한 순간이 있다

특공무술을 통해 배운 인생 호신술

누구나 킥이 필요한 순간이 있다

도제희 지음

위즈덤하우스

차례

속는 셈 치고 시작해볼 것

보통 때와 다름없는 퇴근길이었다. 동네에 도착했는데도 사방이 훤했다. 차가운 공기에 어깨를 옹송그리며 귀갓길을 재촉하던 게 어제 일처럼 생생한데, 기분 좋은 봄바람이, 그 속에 여름의 기운을 머금고서 불어왔다. 혼잣말이 절로 나왔다.

행복해.

이런 기분은 참 오랜만이었다. 몇 년 사이 인생에 여러 변화가 생기고 그에 적응하느라 여력이 없었기에 행복이란 감정이 조금 낯설었다. 기포 몇 개가 뽁뽁 소리를 내며 올라오는 기분이라고 해야 할까. 할 수 있다면 두 손으로 그 뽁뽁을 감싸 쥐고 싶었다.

나는 이렇게 의식하지 않아도 성실하게 제 일을 하는 모든 것을 사랑한다. 겨울 다음에 봄이, 봄 다음에 여름이 오는 그런 패턴들 말이다. 걷기도 그런 유 중 하나다. 도보 25분인 거리를 날마다 거의 같은 속도로 걸으면 예상한 시간에 집에 도착한다. 걷기만 해도 목적지에 닿는다는 건 또 얼마나 멋진 일인가. 의지대로 되는 일이 생각보다 적은 삶에서 때에 맞추어 계절이 변해주고 걸어서 귀가하는 일쯤은 뜻대로 되어도 좋으니까 신나게 걸었다. 좋은 기분으로 충만한 덕분에 대로변 차량 소음도 견딜 만했다. 10분쯤 걸었을 때였다.

어이!

앳된 목소리들의 합과 우렁찬 목소리 하나가 귀에 꽂혔다. 소리의 진원지를 올려다보니, 간판에 '특공무술'이라고 쓰여 있었다. 음, 특공무술이라. 특별하게 공격하는 무술의 준말인가? 연이어 들리는 기합 소리에 무협 만화와 영화에 빠져 지내던 어렸을 때가 떠올랐다.

초등학교 저학년 시절, 토요일이었고 수업이 끝나자마자 가방을 잽싸게 싸서 교실을 나가려던 차였다. 담임선생님이 물었다.

"뭐 좋은 일 있니?"

"네! 〈취권〉 봐야 돼요."

"그게 그렇게 좋니?"

"네!"

그날 봄볕은 따사로웠고, 바람은 상쾌했다. 그 바람과 함께 달려서 흙냄새 가득한 논두렁과 밭두렁을 지나 안방 티브이 앞에 앉았다. 설렜다. 그때의 날씨와 기대심과 흥분은 이따금 느닷없이 되살아난다. 나에게 이소룡과 성룡과 이연걸은 존재만으로도 흐뭇해지는 주인공이었고, 해적판으로 나돌던 『권법소년』, 『용호야』, 『용소자』 등의 권법 만화책은 당시 시골 마을에 사는 한 초등생의 마음을 풍선처럼 두둥실 떠오르게 해주기에 충분했다. 걸음걸이만 봐도 무예의 내공이 깊은지 얕은지 알아보는 고수들의 세계라니, 너무 멋있잖아. 지금 보면 정치적으로 올바르지 않은 표현이 난무하는 창작물이었지만 정신과 몸을 단련해 맨몸으로 악당과 싸우는 그들, 그리고 반드시 이기고야 마는 서사가 나를 안도시켜주었던 듯도 하다.

'어이!'의 진원지를 올려다보며 생각했다. 저 아이들은 행운이다. 어려서부터 무술을 배우다니. 나도 배우고 싶었는데.

그렇게 며칠을 보냈다. 그 앞을 지날 때마다 그곳을 올려다보았고, 얼마쯤 지났을 땐 뜻밖의 마음이 고개를 들었다.

'아니 그럼 나도?'

한 번 그런 마음이 들자 속수무책으로 빠져들어 어느 평일 저녁엔 관장님과 상담을 하고 있었다. 아, 젊으시네. 관장님도 젊고, 수강생들도 젊네. 아니 어리시네. 이야, 내가 다녀도 되는 건가? 절로 자격지심이 들었지만 입관하고 출입한 지 어느덧 2년이 다 되어간다.

그리고 무언가 쓰고 싶다는 생각이 들었다.

퇴근 후 운동하는 게 대수로운 일이어서는 아니었다. 주변의 많은 사람이 피티를 받고, 골프를 치고, 요가나 필라테스를 한다. 무술도 특별할 것 없는 여가 활동이다.

그저 이 운동이 나에게 남다르게 다가온 건, 몸치인 건 그렇다 치고 뭘 배우겠다고 어딜 다닌 게 학교 이후로 여기가 처음이어서다. 더욱이 나는 규칙적인 생활을 좋아한다. 일과를 마치면 바로 집으로 가 잠시 조용한 시간을 보내고, 일로써가 아니라면 낯모르는 이들이 많은 곳에 굳이 가지 않는다. 한 번의 약속이 있고 나면 한동안 약속을 잡지 않기도 한다. 자연히 낯모르는 이들과 빨리 친해지지 못한다. 예측 불가능성을 잔뜩

품고 있으면서도 내 마음을 사로잡는 유일한 것은 아마도 픽션 뿐이다. 그랬는데 이 특공무술로 인해 어쩌다 보니 어느 평일 저녁에 '퇴근 후 곧장 귀가' 패턴에서 벗어났다.

특공무술 기본자세 1번과 2번은 '공격과 방어'다. 말하자면 이 글은, 내가 드물게 인생에 도전장을 내민 '공격'의 기록인 셈이다. 약 40년간 흔들림 없던 생활 패턴이, 운동이라곤 도보 이동 말고는 해본 적도 없는 사람이 생각보다 유연하고도 즐겁게 이 공격에 임하고 있다. 그 과정에서 몸과 정신의 변화를 느낄 수밖에 없었고, 특공무술만의 독특한 동작과 원리를 통해 삶의 지혜도 엿볼 수 있어서 즐거웠다. 이 변화의 기록을 새로이 무언가에 도전해보고 싶지만 용기가 나지 않아 주저하는 분들에게, 특히 너무 늦은 건 아닌가 싶어 시작하지 못하는 분들에게 함께 첫발을 내디뎌보자는 의미에서 세상에 내놓게 되었다. 새로운 시작은 때론 귀찮고 두렵기도 한 일이지만 속는 셈 치고 한 발짝 떼어본다면, 귀찮음과 두려움이라는 허들을 뛰어넘어 자유로워진 자신과 만나게 될 것이다.

받아라!
내 작고 소중한 공격을...!!

다만 즐거울 것

#손목빼기

　고등학교 때 야간자율학습을 마치면 일부 아이들은 10시, 11시에도 학원 차에 올라탔다. 듣기로는 새벽 1시까지 학원에서 수능 공부를 한다고 했다. 학구열이 그리 대단치 않았던 나는 그 아이들이 부러웠던 적은 없었기 때문에 부모님께 당신의 자식도 사교육에 노출돼보고 싶다고 조르지 않았다. 그런 채로 성인이 된 터라 학원이란 곳이 어떤 데인지 알 길이 없었다. 과외라도 받아봤다면 좀 나았을 텐데, 도통 학교 외 다른 곳에서 무언가를 배운다는 게 뭔지 감이 오지 않았다.

덕분에 나 자신을 무술 학원에 보내기로 하면서 궁금한 게 많았다. 입관 서류를 쓰던 첫날, 흡사 업무 미팅을 하듯 수석사범님께 이런저런 질문을 했다(사범님이라고 불러야 하는지도 몰라서 온갖 호칭을 다 끄집어냈다).

선생님, 수업 시간은 몇 시인가요?

관장님, 하나의 수업은 몇 분으로 운영되지요?

원장님, 호신술은 배울 수 있나요?

대표님, 체력 단련도 하겠지요?

사범님은 내게 딱 한 가지 질문을 했다.

"운동 경험은 있으세요?"

씩씩하게 대답했다.

"아니요!"

"피티나 요가, 뭐 그런 것도 안 해보셨어요?"

"네!"

사범님의 눈빛이 흔들렸다고 느낀 건 착각이었을까. 사실 나는 이래 봬도 한 5개월째 하루 10분 정도 근린공원 운동기구로 공중걷기나 허리 운동쯤은 하고 있었지만, 그런 건 아무래도 운동 축에 못 들 것 같아서 그만두고 결제 카드를 내밀었다.

떨렸다. 아, 나 진짜 무술 배우는 거야? 그런 거야?

마지막 질문을 던졌다.

"선생님, 언제부터 수업 들으러 오면 될까요?"

사범님은 뭐 그런 걸 묻느냐는 표정으로 답했다.

"오늘부터요."

"네? 오늘이요? 저 아직 마음의 준비가 안 됐는데요."

네 마음의 준비 따윈 내 관심사가 아니라는 듯, 사범님은 꽤 단호한 표정을 지었다.

"오늘부터 들으시면 됩니다."

마음이 급해졌다. 8시 수업이면 지금으로부터 한 시간 반 뒤네. 집으로 걸어가면 한 시간이 남네. 오밤중에 저녁을 먹을 순 없으니까 밥도 먹고 와야겠네.

그렇게 서두르고 서둘러 나는 저녁 8시 수업에 처음으로 참석했다. 나의 동료들, 그러니까 나와 함께 기합 소리를 내지를 동료들을 탐색해보았다. 어쩜 성인은 단 한 명도 없냐. 모두 초등학생 아니면 중학생이구나. 그중 여학생은 둘이었다. 자매라고 했다. 나는 자매 중 동생인 아이와 사무실에서 간단히 인사하며 수강 시간을 기다렸다. 도복 상의 입는 법도 이 아이에게 배웠다. 수석사범님이 피도 눈물도 없는 애라고 귀띔해주었다. 그때 결심했다. 이 아이를 내 '최애 선배'로 삼겠어.

무도인들 사이에 나이가 무슨 의미란 말인가. 먼저 배운 자가 선배이고 스승 아니겠는가. 선배의 이름은 지수였다.

첫날 수업은 30분간의 하체 운동 뒤 호신술이었다. 하체 운동이라는 말에 다들 고개를 절레절레 저으며 아아아 하는 신음소리를 냈다. 하체 운동이 그렇게 힘들어?

힘들었다. 여러 가지 동작으로 하체를 단련했는데, 기억나는 건 런지뿐이다. 이름 정도만 들어본, 내게는 생소한 자세였다. 단순히 앉았다 일어났다 하는 게 아니라 걸어가면서 런지 자세를 취해야 했는데, 운동 1일 차인 내게는 고난도였다.

열심히 해도 속도가 안 나는 나에게 다가와 지수가 속삭였다.

"사범님 안 볼 때 그냥 뛰어오세요. 적당히 하세요, 적당히."

역시 선배님뿐이야. 마침내 쉬는 시간이 되고 기절하다시피 앉아 있는 나에게 다가와 수석사범님이 말했다.

"힘드세요?"

"아아아—니, 네에."

"2주 정도 하면 괜찮아져요."

"아, 네."

"내일 저녁부터 모레까지 온몸이 쑤실 텐데 그걸 잘 견뎌야 해요. 2주 뒤엔 내가 왜 그때 이런 걸 힘들어했지 할 겁니다."

친절도 하셔라. 이번 주에 집중해서 처리해야 할 업무도 있는데 내일부터 삭신이 쑤실 거구나. 무려 2주 동안 그럴 거구나. 난 왜 이리 계획성과 추리력이 없냐.

쉬는 시간이 끝나자 호신술 수업이 이어졌다. 사범님은 내게 호신술 세 가지를 가르치셨다. 일명 손목빼기 1, 2, 3수였다. 나보다 힘센 누군가가 손목을 잡아도 확 돌리고 툭 쳐낸 다음 후다닥 도망칠 수 있는 기술이었다. 내가 정말 배우고 싶은 무술이었지만 아무리 집중해서 봐도 따라 할 수가 없었다. 믿기 어려웠다. 그냥 쓱, 툭, 탁, 하고 진행되는 아주 간단한 과정을 두 눈으로 똑똑히 봤는데도 머릿속에 전혀 남지 않았다.

수강생이 열 명이 넘으니 사범님은 두 번쯤의 가르침을 하사하신 뒤 저 멀리 사라졌다. 어쩔 수 없었다. 최애 선배를 찾아가는 수밖에. 나의 선배는 누워 있는 상대의 어깨를 강하게 누르며 완벽하게 제압하고 있었다. 그러면서도 근처에서 얼쩡거리는 나를 올려다보며 무슨 일이냐는 듯한 표정을 지었다.

"손목빼기 기술? 그거 세 가지를 배웠는데, 잘 모르겠어요."

"아, 그거 호신술이요?"

잠시간의 가르침이 이어졌다. 손목을 잡기 전에 손바닥을 쫙 펴주라는 둥, 팔을 뺄 때 오른발을 대각선으로 뻗으라는 둥. 그래, 그래, 알겠어. 그렇군. 그런데! 볼 때뿐이었다. 시각 정보가 뇌를 가볍게 스치고 지나갔다. 절망하는 나를 두고 지수는 다시 자신의 훈련을 위해 사라졌다. 아무리 애를 써봐도 1분, 2분 시간이 흐를수록 다시 순수한 백지상태가 되었다. 아, 특공무술이란 특별히 공을 들여도 무척 남는 기술이 없는 거였구나.

훈련이 끝나고 도망치듯 도장을 나와 엘리베이터에 몸을 실었다. 잘못된 선택이었던 걸까 곱씹을 때 마침 지수도 탑승했다.

"선배님, 앞날이 캄캄하네요. 내가 잘할 수 있을까요?"

지수는 엘리베이터 내부를 두르고 있는 스테인리스 손잡이에 양 팔꿈치를 탁 걸친 뒤 상반신을 거의 눕다시피 늘어뜨리며 한마디 툭 던졌다.

"운동은 즐거우려고 하는 거죠. 너무 그렇게 스트레스 받지 마세요."

헐. 뭔데? 왜 '초딩'이 이렇게 멋있는 건데? 자세는 왜 또 우리 사장님 같은 건데?

그렇게 '퇴근 후 곧장 귀가'라는 규칙적인 일상에 '특공무술'이라는 불규칙이 끼어들었다. 상쾌하면서도 훈훈한 봄바람에 '규칙 없음'이란 씨앗 하나가 어디선가 날아온 걸까. 부디, 지수의 말대로 그것이 즐거움이란 싹을 틔우길 바랄 뿐이었다.

그까짓 것 대충 할 것

#기본자세연결형 ❶

"으아아아."

처음으로 운동한 다음 날, 내 입에서 가장 많이 나온 소리였다. 안 쑤시는 데가 없었다. 사범님이 이 운동 초심자를 배려해 다른 수강생들에 비해 절반 수위로 훈련을 시켰는데도 심각하게 욱신거렸다. 봄맞이 피티를 시작한 다른 팀의 팀장과 함께 점심을 먹으러 가는 도중 "으아아", 사무실로 되돌아오는 길에도 번갈아가며 "으아아아" 했다.

저녁이 되고 도장에 갈 시간이 되자, 역시 부담이 됐다. 삭신이 쑤신 건 둘째 치고 낯가림이 심한 게 문제였다. 태어난 지 수십 돌을 맞이했건만 아직도 낯을 가린다니, 스스로도 아 이건 어디다 말하기 이제 좀 그렇네 싶지만, 어쩌겠는가. 그런 인간들도 세상에는 있고 생각보다는 많다. 갑자기 한 공간에서 낯선 이들과 생소하고도 과장된 자세를 취하며 운동을 한다는 건 아무래도 남다르게 어색한 일이었다.

또 하나 마음을 불편하게 하는 건, 미성년 수강생들 사이에 나 같은 성인이 끼어서 분위기를 흐릴까 하는 염려였다. 한창 성장 중인 학생들이 모여 즐겁게 운동하는 시간에, 부모 세대인 내가 끼어 운동을 한다면 어떨까? 불편하지 않을까? 보아하니 신체 사이즈는 그들의 또래라 해도 하자가 없는 몸이란 점에 용기를 내보았지만, 언제나 '낄끼빠빠'를 중요하게 생각하는 인간으로서 복잡한 심리를 지녔을 십 대들 사이를 누벼도 될지 가늠이 되지 않았다. 이런 마음은 사범님도 마찬가지일 듯싶었다. 코로나19로 성인반이 휴지기인 상황에서 노(老)일점이 섞여 들어온 것 아닌가. 훗날 이건 일리 있는 우려였단 걸 알았다. 사범님의 모든 수업은 청소년 기준이어서 넘치는 에너지를 발산하고도 남는 기운을 주체 못 하는 십 대 수강생들과 나는 같은 수준의 체력 단련을 하기가 정말 어려웠다.

이것 참, 부득불 생각이 복잡해졌다. 무도인이 되어 호연지기를 기르고, 기초적인 호신술로 내 몸을 최소한으로 지켜내기가 이토록 어려운 일이었던가. 다행인 점이 있다면, 내 성격이었다. 뭔가를 충동적으로 시도하는 일이 거의 없지만 시작한 일은 웬만큼까지 하는 편이었다. 관계든 일이든 취미 활동이든 그만둬야 할 합당한 이유가 있을 때까지, 선택한 이상 쭉 간다. 게다가 한 달 수강료를 이미 결제하지 않았나. 도장의 청소년 선배들은 양육자가 보내주시겠지만, 나의 투자자는 자신이거든요. 그래서 또 갔다. 운동 동료들이 계신 곳으로.

선배님들, 안녕하십니까!

이렇게 호방하게 인사하고 싶었지만, 수줍은 막내답게 조용히 환복하고 나왔다. 오늘의 몸 풀기 시간은 지난 하체 운동으로 온몸이 쑤실 나 같은 생도를 위한 근육 풀기였다. 줄넘기를 했다.

하아, 이 얼마 만에 해보는 줄넘기더냐.

요즘 학생들은 줄넘기도 따로 체육관 같은 데에서 배운다던데, 시대 변화가 새삼스러웠다. 그냥 운동장에서 애들이랑 대충 놀다 보면 저절로 하게 되는 게 줄넘기의 양발 뛰기, 한 발

뛰기, 번갈아 뛰기, 2단 뛰기 아니었던가.

줄을 계속 넘기자 서서히 몸이 뜨거워지면서 뭉쳤던 근육이 풀리는 느낌이 들었다. 어떻게 귀신같이 알고 사범님이 호쾌한 목소리로 물었다.

"어때요, 제희 님! 몸이 뜨거워지면서 풀리고 있죠?"

암요, 암요.

그렇게 30분의 체력 단련 시간이 금세 가고, 각자 진도에 맞는 기술 단련 시간이 되었다. 오늘 내가 나갈 진도는 기본자세였다.

특공무술 기본자세의 시작은 공격과 방어, 평자세, 교차, 앞굽이, 이렇게 5종이다. 동작 다섯 개쯤이야 눈대중만으로도 바로 딱 익힐 수 있지 싶었지만 지난 호신술과 마찬가지로 사범님의 시범을 아무리 봐도 모르겠고, 뭣보다 자세마다 균형을 잡지 못해 우스꽝스럽게 기우뚱대는 꼴을 사범님이 두 눈 시퍼렇게 뜨고 지켜보는 앞에서 연출하자니, 심히 부끄러웠다. 사범님이 잠시 다른 수강생들을 지도하러 가신 사이, 나는 고작 1분 미만 전에 반복하던 기본자세를 재현하려 했으나, 불가능했다. 학습 능력이란 게 아주 소멸된 걸까. 이런 정도의 암기력과 신체 능력으로 지구 종말이 오면 생존할 수 있을까? 응?

공격

방어

평자세

교 차

앞굽이

뒷굽이

형편없는 암기력에 좌절하는 사이 차석사범님이 오셨다. 이 사범님은 나와 마찬가지로 사교성하고는 거리가 멀고, 나를 무슨 회사 이사님 대하듯 해서 피차 무척 조심스러운 가운데 우리는 각자의 임무에 충실했다. 끝없는 반복만이 이 늦깎이 수련생이 나아갈 길이라는 듯 "다시", "다시", "다시"를 주문하시는 것이었다. 전직 군인이시라더니, 과연. 우리나라 군대는 이분의 전역과 동시에 기강이 많이 흔들렸겠다 싶을 만큼 굳은 심지로 "다시"를 외치셨다.

얼마나 지났을까. 신기하게도 동작이 조금 몸에 익기 시작했다.

"이 기본자세는 어떤 기술이든 그걸 쓸 때 가장 기본이 되는 자세이기 때문에 꼭 익혀두셔야 합니다. 동작명도 기억해야겠지요. 평자세 잡으라고 하는데 평자세가 뭔지 모르면 되겠습니까. 구호 외치십시오. 기본입니다, 기본!"

그렇게 사범님은 단호하고도 공손하게 가르침을 남기고 다른 수강생에게로 가셨다. 그래, 이것이 특공무술의 기본이구나. 기본이란, 기본기란 세상에서 가장 소중한 그 무엇이지. 나는 사뭇 진지해져 맹연습을 했다. 어떤 분야에서든 기본이 없는 인간은 되도록 입을 열면 안 되기 때문이다.

아주 오래전 〈취권〉이라는 영화가 인기였다. 제목에서부터 드러나듯이 술꾼들이 얼핏 주정 비슷하게 하는 권법이 핵심 소재인 이야기다. 실제 중국 권법의 일종인 취권은 술에 취한 척 적을 속이며 하는 무술을 말하지만, 극중 인물들은 실제 취해 있다. 주인공이 아마도…… 성룡이었지?(아마도는 무슨 아마도냐.)

극중 성룡은 딱 봐도 알코올의존증이 심각해 보이는 어느 딸기코 노인 밑으로 들어간다. 이 괴짜 노인은 그래 봬도 은둔형 고수다. 성룡은 당장에라도 기술을 연마하고 싶지만, 사부는 제자 맘도 모른 채 청소와 빨래, 밥 짓기 등의 온갖 집안일을 시키고 무술은 단순 체력 단련만 시킨다. 지는 걸핏하면 외출해 지속 가능한 딸기코를 만들어 오면서, 제자에게는 일절 뭘 가르칠 생각을 보이지 않는다. 괴팍한 훈련법이 고되기도 하고 집안일도 지긋지긋해 가출하지만 바깥세상에서 비참하게 얻어맞고 돌아온다. 본격적으로 취권을 배우면서 깨닫는다. 이제까지 했던 온갖 집안일과 단순 체력 단련인 줄 알았던 그 모든 동작에 취권의 기본기가 다 녹아 들어가 있었더라는, 아, 이 듣기만 해도 설레는 무술 이야기.

실감이 났다.

이곳은 무도인의 세계다!

나는 흡사 물통을 짊어 나르며 어깨 힘과 몸의 균형감을 기르고, 빨랫감의 물기를 힘껏 쥐어짜며 전완근을 키우는 성룡이라도 된 듯한 기분이었다. 기본기, 그것은 '아름다움' 자체이니까 소홀히 할 수 없었다.

기본기의 아름다움은 어떤 유일까? 그까짓 것 그냥 대충 해도 그럴듯한 결과물을 만드는 내공에서 뿜어져 나오는 멋이다. 정말 대충 해서가 아니다. 그렇게 보일 뿐 그 무성의한 손짓 발짓에 수많은 반복의 역사가 숨어 있다. 마치 '꾸안꾸'와 같달까? 꾸민 것 같은데 안 꾸몄고 그런데 멋있는, 알고 보니 멋 좀 부려본 사람만이 연출할 수 있는 그 자연스러운 멋처럼, 진짜 실력자는 대충 하는 듯 보이는데도 괜찮은 결과물을 낸다. 주정인 듯 보이는 비틀비틀한 몸동작에 사실은 엄청난 공격과 방어의 비법이 숨겨져 있다는 취권의 원리처럼 말이다.

그래서일 것이다. 한 유명한 소설가는 공모전에서 심사를 볼 때 맞춤법과 문법에서 어긋난 문장이 많은 글에는 낙제점을 준다고 한다. 나도 내 직업에서는 그와 같다. 책을 기획하고 만드는 편집자는 기본적으로 언어를 취급하는 사람이므로, 신입사원을 만나면 단어와 문장을 얼마나 기민하게 다룰 수 있는지를 본다. 가령, 맞춤법이나 띄어쓰기 같은 걸 얼마큼 섬세하고 정확하게, 그러면서도 유연하게 사용하는지 본다는 말이다. 틀림이 없어야 한다는 뜻이 아니다. 그렇게 완벽한 편집자는 세상에 거의 없다. 다만, 예민하게 사용하고자 하는 노력과 감각이 묻어는 나야 한다. 그런 사람은 실수를 해도 보통 돌이킬 수 없을 수준으로 사고를 치지는 않는다. 물론 기본기 하나로 전부, 딱, 막, 엄청 일을 잘한다는 보장은 없다. 기본기는 말 그대로 기본기여서 그 이상, 예컨대 왕성한 호기심과 시대 변화를 읽는 눈, 참신한 발상, 집요함과 꼼꼼함, 과감한 결단력과 추진력, 탁월한 의사소통 능력 등 거의 모든 직업에서 요구하는 자질이 편집자에게도 요구된다. 그래서 기본기를 갖추고도 그 이상으로 나아가지 못하는 경우가 많다.

그러나!

이 기본기가 없이 탁월한 편집자가 된 사람도 없다.

그러니까 뒤돌려 차고, 회전낙법을 하고, 상대의 손목을 꺾고, 업어치기로 회심의 공격을 가하고, 마운트를 타는 이 모든 기술을 제대로 해낼 수 있으려면, 사범님이 말씀하시는 이 기본자세부터 제대로 잡을 줄 알아야 한다는 건 타고난 운동치인 나라도 알 수 있었다. 그런 의미에서 '기본'이라고 강조하시는 사범님의 가르침대로 우렁차게 동작명을 외치고 싶었다.

공격!

방어!

평자세!

앞굽이!

교차!

그러나 동작 이름과 자세 전환법을 금세 까먹었고, 이래서 과연 험난한 무도인의 길을 계속 갈 수 있을까 싶었다.

앞굽이 자세를 취할 때였다. 수석사범님이 다른 수련생에게로 가는 길에 툭 질문을 던지셨다.

"제희 님, 그거는 뭘 하기 위한 자세 같아요?"

음, 앞굽이 이건 말이지…… 나는 정말 멋지게 대답하고 싶어서 몇 초간 고민한 끝에 대답했다.

"장풍?"

사범님은 고개를 홱 돌리셨다. 기본기를 갖추기란 이렇게 멀고도 험한 것이었다.

등을 보이지 말 것

#대련 ❶

운동을 시작하고 첫 금요일이 되었다. 평일 주 5일 근무하는 노동자와 학생에게만 금요일이 의미 있는 줄 알았는데 아니었다. 도장은 주말에 쉬기 때문에, 이 생활체육인에게도 금요일은 의미가 있었다. 내일이면 운동은 쉰다니, 마음이 어찌나 가볍던지. 더욱이 금요일은 대련을 '관람'하는 날이었다. 상식적으로, 시작한 지 며칠 안 된 나에게 대련같이 무시무시한 걸 시킬 리 만무했다. 스트레칭과 가벼운 운동으로 몸 좀 풀고 나면 청소년 선배들의 혈기 왕성한 스파링을 볼 수 있겠구나. 진짜 재밌겠다.

예상은 보란 듯이 빗나갔다.

몸 풀기 운동 후 우리는 사범님의 지시에 따라 일대일로 짝을 지었다. 그 짝과 공격과 수비를 하며 대결을 펼쳐야 했다. 그리고 나의 파트너는 수석사범님이었다.

사범님하고 저하고 대련을요?

묻고 싶었지만 조용히 서로를 주시할 뿐이었다. 사범님께서 나에게 공격이라고 명하셨고, 전날 맹연습한 기본자세 가운데 공격 자세를 취했다. 그러자 최선을 다해 서 있는 자신을 쓰러뜨려보라고 하셨다. 우선 자신의 도복 깃을 잡을 수 있으면 잡아보라고. 수단과 방법을 가리지 말라고.

사범님은 정말 하나만 알지 둘은 모르셨다.

타인을 공격할 수 있는 사람은 따로 있는 법이다. 어떻게 사람이 사람을 신체적으로 공격해 무력화할 생각을 한단 말인가! 나는 무술을 배우고 싶다고 생각했을 때에도 오로지 수비만을 생각했지 공격은 꿈에도 그려본 적 없었다. 어렸을 때부터 주로 맞는 쪽이었지 시원한 펀치 한번 날려본 적도, 누군가의 머리끄덩이를 야무지게 잡아본 적도 없다.

그래서였는지 어떻게 사범님을 공격했는지 하나도 기억이

나질 않는다. 이렇게 하라고 하면 이렇게 하고 저렇게 하라고 하면 저렇게 했다. 그리고 최선을 다해 사범님의 손을 피하기만 했다. 그때 하늘에서 계시가 내려오듯 사범님의 가르침이 내 귀에 쏙 박혀 들어왔다.

"제희 님, 피하지만 말고 직면하세요. 문제를 파악해야 해결하는 겁니다."

나는 그만 감탄하고 말았다. 너무나 내 취향에 들어맞는 지침이었다. 발음은 또 어쩜 그렇게 또박또박 정확하신지.

"와, 선생님, 아니 사범님, 명언이시네요."

사범님은 매와 같이 날카로운 눈매와 무표정한 얼굴로 계속해서 지시를 내리셨지만 나는 명언에 꽂혀 있었다. '절대 잊지 말아야지. 문제를 직면하고 파악해야 해결하는 거야'를 속으로 되뇌고 말이다. 그러다가 어쩌다 보니 사범님이 쓰러져 있었다. 이럴 수가, 지금 내가 사범님 쓰러뜨린 거? 웃음이 나올 뻔했지만 꾹 참았다.

그렇게 사범님이 눕거니 내가 눕거니 하면서 우리는, 아니 나는 수비와 공격을 필사적으로 했다. 발로 밀어내고, 좌우로 왔다 갔다 하면서 사범님의 도복 자락이라도 잡아보려고 최선을 다했지만 어림도 없었다. 사범님은 다리로 상대의 허리를 감싸 돌려서 제압하는 법도 알려주시고, 누워 있는 상대 머리 위로 가는 법도 알려주시고, 계속 뭔가 알려주셨지만 전부 귓 등만 한 대씩 치고 나갔을 뿐 나는 기진맥진해 있었다. 이런 나 를 마지막까지 그냥 두지 않으시고 사범님은 회심의 공격을 넣 으셨다. 내 등 뒤에서 나를 두 팔로 옥죄어 옴짝달싹 못 하게 압 박하기.

"제희 님, 빠져나가보세요."

"제, 제가요?"

진짜 너무하시네요. 이제 일주일도 안 된 수련생에게 이런 고난도 방어술을 알아서 펼쳐보라고요? 도무지 틈이 보이지 않아서 아등바등했지만 자비를 베푸셨는지 사범님의 배를 팔 꿈치로 한 대 가격하고 빠져나갈 수 있었다. 그때 사범님께서 또 명언의 일격을 가하셨다.

"잘하셨어요, 제희 님. 그런데 왜 등을 보이시는 거죠?"

아니 그게 왜요?

"절대 등을 보이면 안 됩니다. 뒷걸음질로 빠져나가야 합니 다!"

사범님이 주상 전하도 아니신데요?

"상대를 끝까지 주시하세요. 어떤 공격을 해올지 모릅니다.

단 한순간도 문제 상황에서 시선을 돌리면 안 됩니다.”

나는 심장을 부여잡았다. 한순간도 문제 상황에서 시선을 돌리지 말래. 상대를 끝까지 주시하래. 너무 멋있잖아. 정말 가훈으로 삼아도 좋을 가르침이야! 하지만…… 그건 정말 어려운 일이잖아요.

어느 정신건강 전문의가 텔레비전에 나와 하는 말을 들은 적이 있다. ‘회피’가 모든 상황에서 반드시 나쁜 것만은 아니라고. 극도의 스트레스 상황에서는 봐도 못 본 척, 들어도 못 들은 척하는 게 당장은 자기를 지키는 방법이 될 때도 있다는 것이다. ‘회피’를 부정적으로만 생각했던 내게 그 말은 퍽 인상적으로 다가왔다. 회피란 아주 비겁한 녀석이니까 절대 가까이해서는 안 된다고 생각했고 그래서 괴로웠던 적이 얼마나 많았던가. 그런데 꼭 그런 건 아니라고? 그래, 지나치게 힘들 땐 내 일이 아닌 듯 거리를 두어도 좋은 거였구나.

단, 역시 그것도 ‘잠시’만이라는 게 더 중요하지 싶다. 그 문제를 넘어서기 위해서는 결국 직면은 불가피하다. 왜 그런 상황이 발생했는지, 징조는 언제부터 나타났는지, 왜 계속 비슷한 문제가 일어나는지 두 눈 동그랗게 뜨고 인생이 어떤 공격을 가해오든 정면으로 지켜보아야 그것을 넘어설 수가 있다.

이게 말이 쉽지, 참 고난도 배짱 아닌가. 어떤 상황에서도 눈을 감거나 시선을 돌리거나 눈의 초점을 흐리면 안 된다니 그건 굉장한 용기가 필요한 일이다. 문제 상황을 직면한다는 건 결국 그에 대응하는 못난 자기 모습도 봐야 한다는 뜻이기도 하지 않나. 모든 탓을 사회와 국가와 세계의 구조적 모순에만 돌리고, 하다못해 조상에게라도 돌리고 적당히 피해보고 싶지만 (사실 그렇게 외부로 탓을 돌리는 것도 대체로 어느 정도 일리가 있기는 하지만) 결국 자신을 직면하지 않고는 언제나 그 자리에서 갑자기 훅 들어오는 인생의 다리걸기, 발차기, 암바, 업어치기, 백초크…… 같은 다양하고 역동적인 공격에 당할 수밖에 없다. 실제로 오랫동안 회피했던 문제들은 당장은 별일 아닌 듯 사라진 것처럼 보이다가도 종국엔 빵 터져서 귀가 먹먹해지고 마음도 먹먹해지고 인생도 먹먹해지는 사달이 나곤 했다.

삶이 주상 전하는 아니지만, 때로 잔인하게 굴고 못된 구석이 있는 무뢰한이기도 하므로 등을 보일 수밖에 없더라도 되도록 짧게, 아주 잠시만 그렇게 해보기로 하는 거다.

수많은 수강생에게 전해졌을 그 말이 나를 얼마나 놀랬는지도 모르고 사범님은 나에게 두 번째 스파링 상대를 지정해주셨다.

바로 중2 남학생!

나보다 키도 훨씬 크고, 물어보니 몸무게도 20킬로그램이나 더 나가는, 인생에서 가장 못난 시기를 보내고 있는 그 말도 많고 탈도 많은 중 2가 내 앞에 섰다. 나는 가르침 그대로 상대를 직시하며 선포했다.

"봐주지 않을 거예요."

이 몸은 이미 사범님의 명언에 두 번이나 노출된 몸이시다. 상대는 헛 하고 웃었다. 그리고 나는 대련이 끝날 때까지 한 번도 녀석의 도복 깃조차 잡지 못했다. 훗날 알고 보니 이 청소년은 체육관의 에이스 중 하나였다. 잔혹한 사범님.

비겁함에 초밀착할 것

#백초크

운동 효과로 호연지기가 꿈틀대서였을까. 같은 동네 사는 회사 동료에게 제안을 했다.

"도장에 같이 다닌다면 한 달 치, 아니 석 달 치 수강료를 대신 내드리겠습니다. 도복도 사드릴게요."

이 얼마나 호탕하고 매력적인 제안인가. 나는 어쩌면 이 동료가 퇴근 후에는 회사 인간 따위 안 만나고 싶을지도 모른단 우려를 뒤로하고 적극 들이댔다. 점심시간에 함께 커피를 마시러 가서는 사범님이 칭찬했던 앞차기도 선보였다. 어때요? 재미있겠죠? 내가 이 정도로 하니까 당신은 더욱 재미있게 할 수 있습니다, 이런 뜻에서?

　요지부동이었다. 동료는 워낙에 심지가 굳었다. 나처럼 귀가 얇지도 않고 공짜를 좋아하지도 않는다. 이미 오래전 유도를 배워본바, 그 뒤로는 도복을 입고 뭔가 하는 건 절대 하지 않으리라 결심한 모양이었다. 나는 동료가 시선을 외면하면서도 항상 단호하게 거절하는 모습이 재미있기도 하고, 만에 하나 도장에 정말 운동 친구가 생긴다면 좋을 듯도 해 특공무술인의 집념으로 수개월간 꼬셔보았다.

　돌아온 대답은 언제나 같았다. 놉. 정말 소나무같이 사계절 푸르른 사람이다.

　누군가에게 뭔가 그렇게 적극 제안하는 건 평소의 나답지 않았다. 타인에게 부담을 주거나 민폐 끼치는 걸 누가 좋아하겠는가마는, 나 역시 그런 사람은 되지 말자는 주의를 고수하는 편이지마는, 변명을 하자면 그만큼 운동 동료가 필요했다. 청소년 선배들 말고 어른 동료가. 유일한 성인으로 청소년들 사이를 누비는 게 어쩜 그렇게도 계속 부자연스럽게 느껴지는지. 언제쯤 도장에 있는 자신이 공기 속 산소나 질소처럼 있는지도 모를 만큼 자연스럽게 여겨질지.

그러니 그날 나는 감격하고 말았다. 처음이었다. 그렇게 많은 성인 수강생이 모인 건. 나를 포함해 무려 네 명이나 출석해 있었다. 도장에 전해 내려오는 전설에 의하면 이전엔 성인부가 있었다더니, 사실이었구나. 감격하는 마음과 달리 멀쩍이서 목례만 나누었다.

하나같이 조용하고 에너지라고는 1도 없어 보이는 네 사람을 데리고서도 '하이 텐션'을 잃지 않는 수석사범님이 우리에게 가르쳐준 기술은 '조르기 3종'이었다. 사범님은 경력자와 신입의 조합으로 짝을 맞추어주었다. 어쩜 짝도 이처럼 딱 맞고 조화로운가. 유난히 사범님의 가르침이 귀에 잘 들어와 안착하는 기분이었다. 조르기 3종이 아니라 10종이라도 거뜬히 해낼 수 있을 것 같았다.

사범님이 설명하는 기술 중 두 가지는 뒤에서, 한 가지는 앞에서 넣어야 했다. 전방 기술은 상대가 뒤로 물러날 수 있는 여지를 주므로 조르기는 거의 후방에서 이루어진다고 했다. 얼마 전의 대련 시간이 떠올랐다. 사범님은 단호하게 말씀하셨지. 등을 보이지 말라고, 계속 상대를 주시해야 한다고. 등을 상대에게 내보이는 순간 당할 수 있는 여러 공격 중에는 이 조르기도 있었던 거다.

그러고 보면 등이란 참 만만한 대상이긴 했다. 눈도 없고 평상같이 널찍해서 접근할 때도 든든한 느낌을 주기는 한다. 날아차기를 하기에도 좋아 보이고, 손톱을 바짝 세워 확 긁기에도 넉넉해 보이고, 몽둥이 하나 들고 가서 퍽퍽 쳐도 괜찮을 것 같고, 내 몸을 바짝 붙여서 목을 조르기에도 참 안정감 있고 좋은 것이다. 그중 가장 위협적인 후방 공격술은 역시 조르기 기술 가운데 '백초크'가 아닌가 싶다. 이 백초크로 말하자면 3초만에 사람을 기절시킬 수도 있는 공격술로, 팔꿈치로 상대의 경동맥을 눌러 숨통을 조이는 기술이다. 허, 과연 내가 사람에게 이런 어마무시한 기술을 쓸 수 있을까 상상해보았지만, 그것도 다 할 줄 안 다음의 고민 아닌가.

나는 사범님이 보여주신 시범 그대로 파트너의 등 뒤로 가 그분의 목을 내 오른팔 팔꿈치로 감싸안고 다른 한 손으로 목을 앞으로 밀어내는 동시에, 턱으로는 그분의 머리를 함께 밀어냈다.

잘되지 않았다.

낯선 상대를 몇 초 만에 기절시킬 수 있는 기술을 과감하게 넣기가 얼마나 조심스러운지. 마치 내가 그렇게 제대로 된 기술을 발휘할 수라도 있는 사람처럼 조심스럽기 짝이 없었다.

그건 파트너도 마찬가지인 모양이었다.

우리는 설렁설렁 했다. 몸통도 슬쩍 상대방 등에 대고, 팔과 턱도 그냥 시늉하듯이만 상대의 목과 정수리에 갖다 댔다. 그러는 사이 옆 팀에선 사범님 지시에 따라 제대로 하고 있었다. 그들은 우리와 달리 '척'만 하지 않았기에 정말 죽을 것 같은 표정을 짓기도 했다.

사범님께서 계속 반복하시는 말씀이 내 귀에도 들어왔다.

"밀착!"

수석사범님의 음성은 톤이 굉장히 높은 데다 단전 기법으로 울림이 상당하고 발음이 정말 예술이었다. '밀착'이라는 발음이 얼마나 정확하게 찰진지, 그 단어 자체가 내 몸에 착 들러붙는 느낌이었다.

우리 팀도 다시 자세를 취했다. 내가 먼저 조르기를 당하기로 했다. 파트너도 같은 생각을 했던 게 분명하다. 방금 전과 달리 조여오는 힘이 세고 단단한 것이 아주 일품이었다. 나는 상대의 팔을 툭툭 치며 아프다는 신호를 보냈다.

"괜찮으세요?"

"아- 네, 그럼요."

숨통 끊어질 것 같고 아주 괜찮습니다.

이번엔 내 차례였다.

밀착.

나는 내 팔도 턱도 몸통도 상대의 모든 것에 단단히 붙였다. 이제 막 조이기 시작한 것 같은데, 파트너는 금세 내 팔을 치며 아프다는 신호를 보냈다. 내가 지금 경동맥을 누른 거야? 정말?

사범님이 저 멀리서 내 파트너를 향해 소리쳤다.

"아프긴 뭐가 아파! 제희 님, 더 조이세요! 더 더 더!"

피도 눈물도 없는 사범님 같으니. 나는 황급히 팔을 풀고 파트너를 살폈다.

"괜찮으신가요?"

"아, 네네. 훨씬 좋아지셨네요."

그렇게 우리는 너덧 번 상대의 숨통을 조이는 기술을 연습하면서 "괜찮으세요?", "오, 좋아지셨네요"를 주고받았다. 생각보다 단순한걸? 이 기술만큼은 나도 잘할 수 있겠다는 생각이 들었다. 그러나 과연 실전에서 써먹을 일이 있을까. 서로 합의를 하고 연습해도 적용하기 조심스러운 이 기술을 현실에서 써먹을 일이 아무리 생각해봐도 없지만, 과거에는 숨통을 조임당해도 마땅한 사람이 내 인생에 몇 등장하기는 했다.

초등학교 1학년 때 바늘시계를 볼 줄 모른다는 이유로 내 뺨을 여러 차례 후려쳤던 담임, 학생들 팔과 엉덩이를 조물락거렸던 고등학교 교사들, 헤어지자는 내 말에 길거리에서 당장 죽어버리겠다며 협박했던 아주 오래전 구남친, 돌이킬 수 없이 크게 신의를 저버렸던 이들도 있었다. 나에게 타임 슬립 능력이 있고, 그래서 과거로 돌아가 그중 하나를 골라서 숨통을 끊어버리라고 한다면 역시 그놈을 꼽을 수밖에 없겠다. 나를 죽기 전까지 몰아붙이며 폭행했던 그놈 말이다.

십수 년 전, 나도 근래 여기저기서 벌어지고 있는 묻지 마 칼부림 난동 비슷한 일을 겪은 적이 있다. 한밤중 웬 술 취한 남성에게 폭행을 당했다. 술 냄새가 지독했던 그는 나를 골목으로 끌고 가 인정사정없이 때렸는데, 최선을 다해 저항했지만 왜소한 체격의 내가 감당하기에는 역부족이었다. 그가 내 목을 조르고 졸라, 이젠 살려달란 말도 안 나오고 이대로 인생이 정말 막을 내리는구나 싶을 즈음 웬 서넛의 행인이 이 장면을 목격했다(나는 얼마나 행운아인가). 어이없게도, 제삼자들의 등장만으로 그는 줄행랑을 쳤다. 제대로 도망도 못 쳐 좌회전하다 자빠진 그를 쫓아가 발로 밟아버린 뒤 현행범으로 경찰에 연행시켰다. 행인들 역시 범인과 마찬가지로 한껏 술에 취해 있었다. 말하자면, 주정뱅이들이 주정뱅이에게서 나를 구했다. 그들은 불콰해진 상태에서도 그놈의 등을 밟고 있는 나를 둘러싸며 용기를 주었고, 경찰이 올 때까지 떠나지 않고 함께해주었다. 같은 술꾼의 세계도 이처럼 다양했고, 그때만큼 취인들이 무섭고 고마운 적은 전에도 후에도 없었다.

발로 맹렬하게 밟아버렸던 기세와는 달리 이때의 기억은 다소 파편적으로만 남아 경찰과 검사에게 진술할 때 조금 애를 먹었다. 불행 중 다행이라면 성적 접촉을 당하지는 않았다는 점인데, 그런 걸 다행이라고 여겨야 하는 현실이 여전히 곳곳에서 꿈틀거리며 많은 사람을 공포에 몰아넣는다는 걸 생각하면 세상은 왜 혁신적으로 개선되지 않는지 한탄스러울 뿐이다.

나는 그날의 경험을 잘 극복한 편이다. 비록 아흔아홉 번까지 얻어맞다가 마지막 한 번 발아래 두었을 뿐인, 어떻게 보면 어느 드라마의 대사처럼 그건 어디까지나 상징적인 제스처일 뿐이었지만, 그 작은 몸짓에도 굉장히 강력한 힘이 있었던 듯하다. 이놈을 내 발 아래에 두었다, 이놈을 어쨌든 내가 잡았다, 이놈을 내 손으로 구속시켰다. 물론 세상은 그 범인 못지않게 잔인한 구석이 있어서 이후 내가 겪은 그 일을 입에 올리기가 조심스러웠다. 수많은 이야기에서 곤란에 처하거나 큰 시련을 당하는 주인공은 끝내 지지와 사랑을 받지만 현실의 그런 주인공들은 '팔자'나 '운명'과 같은 말로 단정 지어지며 또 다른 곤경에 처한다. 더욱이 그런 일을 겪은 여성에게 제멋대로 부풀려 가해지는 2차 피해가 있을 것 같았기에 당시의 나는 가족과 가까운 친구 외에는 이 일을 알리지 않았다.

지금에 와 생각해보면, 어쩌면 내가 10여 년이 지난 지금 특공무술을 실제로 배우도록 이끈 가장 큰 요인이 그날의 기억인지도 모르겠다. 그러니까 그때 만약, 내가 뒤돌려차기도 할 줄 알고, 업어치기도 할 줄 알고, 암바도 할 줄 알고, 밑에 깔려서 목을 졸릴 때에도 빠져나가는 기술을 알고 있었더라면 훨씬 낫지 않았을까.

낫지 않았을 것이다. 줄행랑이 답이라는 걸 무술을 배울수록 알게 됐다. 손목꺾기 기술을 주변 남자 사람들에게 적용해봤지만 왜 그렇게 팔이 무겁고 손목들은 두툼한 건지.

이런 나와 달리 실제로 브라질에서 한 여성을 위협하던 강도가 완전히 제압된 사례가 있긴 하다. 강력한 펀치와 킥에 맞은 강도가 쓰러졌고 결정적으로 백초크 기술이 주효했다고 한다. 얼마나 고통스러웠는지 제발 경찰을 불러달라고 호소했는데, 그 여성으로 말하자면 UFC 파이터였다고. 평범한 나에게는 백초크, 즉 뒤(back)에서 목을 조르는(choke), 이름처럼 강렬한 그 기술이 있었더라도 그놈을 작살낼 수는 없었을 테고, 그저 어찌어찌 조금은 더 도망치는 기술을 발휘했을지도 모른다.

수석사범님 말씀에 따르자면, 체급 차이가 큰 상태에서 백초크로 상대를 제압하는 건 자신과 같은 숙련자가 아닌 보통 사람에겐 거의 불가능에 가깝다. 설령 가능하다고 해도 상대와 나 사이의 틈이 아예 없다시피 초밀착 상태가 되어야 한다는 뜻 아닌가. 약자를 위협하는 비겁한 상대에게 들러붙어 회심의 공격술을 넣으려면 아주 용감한 데다 숙련이 돼 있어야 가능하고, 분노와 증오와 생존 본능으로 아드레날린이 사정없이 솟구쳐야 한다. 그런 시도는 되도록 하지 않는 편이 좋다는 뜻이다. 다만, 그날의 나는 제법 아드레날린에 조종당해, 훗날 그 제스처가 나를 구원할지도 모른 채 그놈의 등을 내 발과 초밀착시키긴 했다.

그러게 이놈아, 우리 사범님이 말씀하셨지. 절대 등을 보이지 말라고.

초밀착해 숨통을 압박해야 하는 상대가 꼭 그놈처럼 '나는 악당이오' 하고 나타나지는 않는다. 신뢰해 마지않았던 친구,

연인, 동료, 때로는 가족이 관계의 숨 자리를 그냥 두어도 될지 고민하게 할 수도 있다. 그럴 리가 없다고, 혹은 그래선 안 된다고 여겼던 이들이 그런다고 생각하면 얼마나 괴로운가. 밀착은커녕 당연히 최대한 거리를 두고 싶다. 그러나 결국 그 문제를 해결해야 할 사람은 나 자신이다. 설령, 그 상황의 원인이 전적으로 상대에게 있을 때조차 내게 미친 악영향을 끊어내야 할 사람은 언제나 자신이다. 그러니 결국 밀착 정도가 아니라 아예 그 상황 속으로 들어가 문제를 제대로 파악하고, 내가 알고 있다는 사실을 상대에게 알리기도 하고, 그간의 관계를 연행 및 구속시키는 게 최선일 때도, 슬프지만 있다.

다들 오랜만에 출석했건만, 지나치게 과격한 기술을 연마해서였을까. 한동안 다시 성인 수강자들이 출석하지 않았다. 나는 또다시 점심시간마다 예의 회사 동료에게 초밀착해 "특공무술 할래요?"라고 수작질을 해보았지만, 그는 항상 솜씨 좋게 빠져나갔다. 흠, 역시 등을 보이지 않는 자에게는 통하지 않는군.

애석해하기를 얼마쯤 이어갔을까, 비로소 성인반이 안정화될 조짐이 보였다.

있어야 할 곳에 있을 것

#기본자세연결형 ❷

이렇게 과거형으로 말할 수 있어서 기쁘다. 코로나19는 개개인에게 어떻게 기억될까? 내게 가장 기이하고 강력하게 느껴졌던 조치는 '몇 시 이후 몇 인 이상 모이지 말라' 같은 사회적 거리 두기였다. 성실하게 그 제재를 지키기는 했다. 그냥 살던 대로 살면 되었기 때문에 어렵지 않았다. 더러 한두 명의 친구와 만났고, 카페나 식당 대신 되도록 서로의 집을 오갔다. 덕분에 한 번도 그 감염병에 걸리지 않고 무사히 난국을 지나왔다.

다만 그러한 조치가 약간 공포로 다가오기는 했다. 국가의 야간 통행금지 조치를 겪어본 부모 세대는 덜했을지 모르겠지만 나는 개인의 생활 반경과 규모를 나라가 그 정도 수위로 통제할 수 있다는 사실, 그러한 일상이 현실이 될 수도 있다는 것을 난생처음 피부로 느꼈다. 온 국민이 마스크를 쓰고 다니는 광경도 놀랍거니와, 개인에게 가해지는 이런 강력한 제재는 디스토피아를 연상시키기에 부족함이 없었다. 그렇기에, 이제 와 생각해보니, 어쩌면 그런 사회적 제재를 지키는 게 어렵지 않았다는 말은 거짓인지도 모른다. 여전히 많은 이가 감염병을 조심하며 지내던 시기에 굳이 다수가 모인 곳에 직접 가서 배워야 하는 운동을 시작했기 때문이다. 뭔가 때려 부수거나 탈출하고 싶었는지도 모르겠다.

경직됐던 사회 분위기가 단계적으로 완화되고, 성인들도 제법 규칙적으로 출석하기 시작했다. 신이 나 노래를 불러도 모자랐다. 그렇게 성인부, 성인부 타령을 하지 않았나. 이상하게도 아쉬움을 느꼈다. 그간 8시 청소년부 은수, 지수 자매에게 우정을 느꼈던 거다. 중 3인 은수는 거울을 보느라 운동은 뒷전이면서 출석만큼은 성실히 했고, 초 5인 지수는 나에게 늘 대충대충 하라고 조언하면서도 정작 본인은 수련할 때마다 남다르게 기운찼다. 그들의 어머니가 나와 동갑이란 사실을 들어놓고도 나는 모른 척하면서 때로 친구인 양 굴었고, 그럴 때마다 자매는 어처구니없어하면서도 멀리하지는 않았다. 어떻게든 청소년부에 적응해가는 중이었다. 그랬건만 다시금 성인부의 재결성이 고개를 들었기에 나는 언제까지나 8시부에 기웃거릴 수도 없었다. 모든 사물과 사람은 있어야 할 곳에 있어야 조화롭고 제 기능도 하는 법 아닌가. 전혀 뜻밖의 곳에서 주변과 어우러져 획기적인 결과를 내는 사람도 간혹 있겠지만, 내 체력과 비슷한 수준의 성인들이 있는 곳으로 가 천천히 운동을 해나가는 편이 나에게는 훨씬 현명한 선택이었다.

그런 생각으로 체육관에 다다를 즈음이었다. 몇 미터 앞에 예의 그 자매가 보였다. 손을 흔들며 그들에게 뛰어갔다.

언니인 은수가 물었다.

"이제 9시부 오시는 거예요?"

"네. 성인부가 다시 생겼대요."

"아."

그러곤 아주 찰나의 침묵이 이어졌다. 침묵 속에서 나는 예기치 않은 광경을 봤다. 저 표정은 뭐지? 설마 아쉬운 거?

나는 부연했다.

"근데 금요일엔 8시에 올 거예요."

금요일엔 성인들이 하나같이 공사다망했기 때문이다.

은수는 기쁨을 숨기지 않았다.

"아, 진짜요? 너무 좋아요."

호오, 이거 실화야? 지금 무려 중학생이 나랑 운동하는 게 좋다고 한 거야? 지난 두 달간 마치 새 학기를 맞이해 친구 찾기에 나선 학생처럼 자매에게 질척댄 건 사실이지만, 두 사람이, 특히 언니 은수가 나에게 그렇게 호의적이라고 느낀 적은 없었다. 오히려 나를 되게, 뭐라고 해야 할까, '구려'하는 것 같았는데?

제 언니 반응에 놀랐는지 지수가 말했다.

"헐?"

내 말이 바로 그 말. 내게 친분을 표한 사람이 있다면 지수였지 은수가 아니었다.

나는 뭔가 재밌기도 하고 기분이 좋아져서 두 팔을 흔들며 자매에게 인사했다.

"금요일에 봐요!"

그렇게 지수와 은수도 코로나19에 대한 내 기억의 자리에 조그맣게 자리를 차지해가고 있었다.

자매를 뒤로하고 4층 도장에 올라가자, 출석 인원은 단둘이었다. 성인부의 에이스랄 수 있는 경력자 한 분과 초짜인 나. 체력 단련을 한 다음에 우리는 기본자세 익히기에 들어갔다. 진도가 다르다 보니, 차석사범님이 나에게 먼저 와 이전에 배운 기본자세 5번까지를 연결형으로 해보라고 했다. 아, 그 얼마 전에 했던 기본자세. 1 더하기 1 수준일 줄 알았는데, 16 곱하기 28 수준으로 어려웠던 그 기본자세. 공격, 방어, 평자세, 교차, 앞굽이.

이 기본자세는 제대로 자세를 취하는 것만으로도 굉장히 큰 힘이 든다. 기본인 주제에 굉장히 역동적이고, 더욱이 연결형으로 이어가자면 균형감이 좋아야 하는데 몸의 중심 힘과 다리 힘이 보통 많이 필요한 게 아니었다. 단 한 번 사범님을 따라 해 보았을 뿐인데도 다리가 바들거렸다.

나는 본디 운동신경이 유난히 떨어지고, 신체 활동으로 이름을 떨치기엔 나이도 적지 않기 때문에 엄청난 무술인이 되겠다는 부담은 없었다. 그저 기계적으로 계속 하다 보면 조금은 뭐라도 나아지겠지, 정도가 이 운동을 시작하며 품었던 바람이었다. 그러한 생각 속에 누군가가 내 하는 양을 뚫어지게 지켜보며 지도하는 그림은 없었다. 스무 명 이상의 생도들이 4열 종대로 서서 지시에 따라 자세를 취하고, 사범님은 그 사이사이를 '스쳐' 지나다니면서 '잠시' 지도를 해주겠지 정도가 예상한 장면이었다고 해야 할까. 이렇게 일대일로, 전직 군인이셨던 사범님이 참으로 절도 있는 목소리로 지도해주실 줄이야.

다리를 바들거리는 나를 보며 사범님이 마지막까지 내린 지시는 오직 하나였다.

"다시!"

틀린 부분을 지적해주시며, 제대로 할 때까지 다시, 다시, 다시를 반복하셨다. "다시"라는 말을 들을 때마다 심장이 쿵쿵거렸다.

아니, 대체 언제까지요?

식은땀이 나고 식고, 나고 식고를 반복한 끝에 이제 조금은 됐다고 생각하셨는지 추가로 복습할 기본자세를 하나를 직접 보여주셨다.

'뒷굽이'였다.

여전히 바들거리는 다리를 진정시키려 허리를 숙여 무릎에 양손을 짚은 상태였는데도 사범님의 시범을 보노라니 눈이 동그래졌다.

멋있어. 나도 저렇게 할 수 있다면!

물론 뒷굽이 자세는 흡사 원시 인류가 취할 만한 사마귀 모양이었고, 왜 취해야 하는 자세인지 알 길 없었으나 우선 멋이 흘러넘쳤다.

나는 용기를 내 사범님에게 물었다.

"사범님, 사마귀 자세는 왜 연습하는 거죠?"

사범님은 내 질문에 질문으로 답하셨다.

"교차 자세는 왜 한다고 했죠?"

교차라 함은 그 아이돌 댄스 같은? 이것만큼은 기억하고 있었다. 모든 기본자세에는 공격과 방어의 원리가 숨어 있었다. '교차'는 말 그대로 교차된 두 발을 그째로 두고 몸만 180도 돌리면 바뀐 방향에서도 곧장 공격과 방어 자세를 취할 수 있게 되는 자세다. 또한 한 손으로는 적의 공격을 쳐내고, 다른 한 손으로는 머리로 날아오는 공격을 막아낸다. 답을 정리하는 동안 나는 그만 이 사마귀 모양의 뒷굽이 자세 역시 같은 원리라는 걸 깨우쳤다. 스스로 답을 찾도록 하는 이 현명한 사범님 같으니라고!

"공격과 방어겠네요, 사범님"

"네, 그렇죠. 이쪽 손은 공격, 이쪽 손은 방어입니다. 상대와 싸우다 보면 몸을 낮추어서 한쪽에 무게중심을 두어 공격을 해야 할 때가 있습니다. 그러면 반대편에도 공격이 들어올 수 있죠. 그러면 그쪽을 또 방어해야 합니다. 제가 1형부터 연결형으로 보여드릴 테니 우선 잘 보세요."

나는 깊은 깨우침을 얻은 제자답게 사범님께서 보여주시는 연결형을 두 눈 똑바로 뜨고 보았다. 역시 멋있었다. 그 멋이란 티 안 나게 부리는 게 아니라, 사람들 보라고 작정하고 부리는 멋이었다. 그런 멋이라면, 나는 이렇게 말할 수밖에 없었다.

"사범님, 제가 혼자 연습해보겠습니다."

"네, 혼자 하시면 됩니다. 저는 그냥 보기만 하는 거니까요."

작정미보다는 자연미를 추구하는 나는 곤혹스러웠다.

"혼자서도 연습할 수 있습니다!"

"네, 혼자서 하시는 겁니다."

"저기 지윤 님이 기다리시는데요."

"아, 쟤는 검정 띠예요. 기본자세 정도는 혼자서도 잘합니다."

그러곤 무려 10분간 내 앞을 떠나지 않으셨다. 건방지게 혼자 연습할 수 있다고 큰소리쳤던 이 9급 흰 띠는 사범님의 엄격한 지도 아래 마치 시시포스라도 된 듯 기본자세연결형을 수없이 반복했다. 그 짧은 시간의 연습만으로 기본자세를 잘 해낼 수는 없었지만 불가능하게 여겨지던 연결형이 어쩌면 가능하겠다고 여겨지고, 자세를 연결하는 과정에서 생기는 기우뚱거림의 횟수가 100회에서 90회 정도로는 줄어든 기분이 들었다.

인정할 수밖에 없었다. 나는 있어야 할 곳에 와 있었다. 이곳이 성인부여서가 아니라 적은 인원수이기에 집중적으로 지도받을 수 있는 환경이었기 때문이다. 나는 특공무술의 기본자세 연결형이 멋있게 느껴졌고, 그래서 좀 더 잘하고 싶어졌다. 주목받아서 생기는 긴장감은 내가 이것을 더 잘하고 싶다는 마음보다는 조금 작았다.

다수가 모이는 청소년부와 멀어진 건 아쉬웠지만 나는 적절한 곳에 있었고, 그 적당한 장소에서 '다시'를 반복하고 있었기에 운동치인 몸을 이끌고도 아주 조금씩이나마 발전하고 있었다. 마침 코로나바이러스도 제가 있어야 곳을 찾았는지, 지구에서 수를 줄여가고 있었다.

뒷굽이

바닥을 쳐도 다시 올라올 것

#후방낙법

내가 2023년 가장 많이 본 뉴스 카테고리는 부동산이고, 가장 예민하게 반응한 키워드는 '바닥'이다. 그다음 '고금리', '전세 사기', '역전세' 등의 단어도 내 마음을 크게 동요시켰다. 들어만 보면 좋았을 그 유명한 전세 사기를 나도 당했기 때문이다. 그때그때 살 수 있는 데서 적당히 살아왔던 나는 태어나 처음으로 그런 부동산 뉴스 기사들에 부화뇌동하며 세 계절을 보냈다. 어찌어찌 전세금을 돌려받게 된다면 비교적 정상적인(?) 가격의 다른 셋집이나 내 집을 구할 수 있으니 '바닥'이란 반가운 말이 되고, 못 찾는다면 꼼짝없이 임대인에게 묶인 내 전 재산은 아무 힘이 없으므로 '바닥'이란 더욱 슬픈 말이 되었다.

'바닥이면 뭐 하냐, 그래서 주인이 못 준댄다.'

'뭐야! 벌써 바닥을 다져? 아니야, 더 내려야지! 더 더 더!'

'인간의 바닥은 더 이상 보고 싶지 않지만 집값의 바닥은 더 봐야겠다! 그런데 나 돈 찾을 수 있니?'

고약해지려는 심보를 간신히 추스르며 그해의 두 계절을 나고 가을이 되었을 때 간신히 전세금을 찾기는 했으나, 그사이 집값은 수많은 뉴스 기사처럼 바닥을 찍고 올라온 데다 금리는 신나게 상승 중이었다. 봄만 해도 전세금만 찾으면 은행과 복숭아나무 아래에서 우정의 서약을 맺고 붉은 인주로써 피를 대신하며 내 집 마련을 도모해보고자 했으나, 결국 다시 셋집으로 이사를 했다. 이후 계속 올라가는 금리를 보며 잘했다고 생각했다. 그래, 한날한시에 죽자던 세 남자의 결의는 결국 이뤄지지 않았다지.

흔히 인생에서 큰 시련을 만나면 '바닥을 쳤다'라고들 표현한다. 정말 오갈 데도 없고, 당장 한 끼 먹을 식량도 없고, 가족과 친구도 모두 떠난 상황이 아니라도, 그만큼 몸과 마음이 힘든 상황일 때 그런 극적인 표현을 쓴다. 이에 따라오는 모범적인 위로도 있다.

'이제 올라갈 일만 남았어.'

착각이다.

바닥을 쳤다고 누구나 다 올라갈 수는 없다. 어떻게 떨어졌느냐에 따라 바닥의 바닥으로 내려갈 수도, 다시 올라갈 수도 있지 싶다.

이 바닥으로 떨어지는 것과 특공무술은 떼려야 뗄 수 없는 관계를 맺고 있다. 우리 수석사범님의 말씀에 따르면, 특공무술의 모든 기술이 중요하지만 떨어지는 기술만큼 유용한 것도 드물다. 무릇 특공무술인이라면 사정없이 떨어져도 다시 올라오는 비법을 포기하지 않아야 한다는 것. 그 기술을 흔히 '낙법'이라고 부른다. 업어치기나 날아차기 같은 갑작스러운 공격으로 인해 나가떨어지거나, 길 가던 중 격하게 자빠지게 될 때 적절한 자세를 취해 충격을 완화하는 방법을 말한다.

크게 네 가지 기술이 있다. 전방낙법과 후방낙법, 좌측방낙법과 우측방낙법이 그것이다. 이날은 전후방낙법을 배웠다. 왜 그렇게 해야 하는지 이해하지 못한 채 우선은 그저 따라 했다. 첫 번째, 다리를 어깨너비만큼 벌린 뒤 무릎을 굽힌다. 두 손바닥으로 가슴팍에서 세모를 그린 뒤, 엎드려뻗쳐 하듯 몸을 뒤로 쫙 빼면서 발과 팔로 착지하는 동시에 머리를 왼쪽으로 재빨리 돌린다. 이것이 전방낙법이다.

두 번째, 똑같이 다리를 어깨너비만큼 벌리고 무릎을 굽힌다. 두 팔을 가슴 위에서 엑스자로 교차한다. 그러곤 양팔로 바닥을 탁 치면서 뒤로 넘어진다. 바닥을 세게 쳐야 한다. 그때 생긴 반동으로 머리와 다리를 들어 올려 시선은 배꼽에 둔다.

다른 자세이지만 핵심은 같다. 머리의 움직임이다. 어떤 상황에서도 머리는 절대 다치지 않아야 하므로 옆으로 돌리고 위로 쳐든다. 영화 속 좀비들에게도 머리란 얼마나 소중한가. 결국 낙법이란 머리를 보호하는 기술이라고 해도 틀리지 않는다.

처음 해보는 동작이니 둘 다 어려웠지만 나는 후방낙법에서 훨씬 고전했다. 뒤로 넘어져야 하는 게 생각보다 무서웠다. 뭣보다 이놈의 머리가 문제였다. 등이 바닥에 닿는 순간 머리를 슝 들어서 배꼽으로 향해야 한다고, 그게 중요하다고, 안 그러면 뇌진탕 걸리기 딱 좋은 자세여서 낙법을 쳤다고 볼 수도 없다고 사범님이 여러 번 강조했건만 좀처럼 목이 가누어지질 않았다. 양손으로 바닥을 치며 뒤로 자빠질 때마다 내 목 관절이 고장 난 인형처럼 흔들거렸다. 나보다 늦게 운동을 시작한 분

중요한건 머리야.
머리를 들어야
안 다쳐.

도 고개를 잘 드시는데, 나의 목은 앞뒤로 오가며 꺾이다가 결국 뒤통수를 바닥에 처박았다. 골이 울리고 뇌수가 출렁였다. 위장도 요동쳤다.

왜일까.

왜 해도 해도 안 될까.

사범님은 목 근육이 발달하지 않아서라고, 목뿐 아니라 몸 각 부위의 근육을 발달시켜나가면 훨씬 좋아질 거라고 했으나 정말 그게 가능한지 확신이 없었다(실제로 나는 2년 차에 접어들어서도 목을 잘 가누지 못했다).

실패를 거듭하자 궁금해졌다. 대체, 내가 누군가에게 낙법을 쳐야 할 만큼의 강한 공격을 당하고, 길 가다 격하게 자빠질 일은 또 얼마나 있을까. 후방낙법은 못해도 괜찮지 않을까? 네 속은 내가 다 알고 있다는 듯 수석사범님이 다가와 낙법이 얼마나 중요한지 일화를 들려주셨다.

"제가 몇 년 전 산에 갔다가 폭포 위를 지나는 길이었는데 이끼에 미끄러져서 몇 미터 아래로 구르게 된 거예요. 한 3미터쯤 되나. 사람들이 전부 제가 죽은 줄 알았대요. 그런데 저는 운동을 오래 했잖아요. 본능적으로 얼굴을 배꼽 쪽으로 처박고, 몸을 둥글게 말아서 머리를 보호하면서 구른 거죠. 그때 어깨 같은 데만 좀 다치고 멀쩡했어요. 그만큼 온몸을 배꼽으로 향하게 하여, 특히 머리를 말아 넣으면 심각한 부상은 입지 않을 확률이 올라가는 거죠. 물론 저는 운동을 오래 했으니까요."

과연, 운동을 오래 한 자의 자부심과 이 늦깎이 수련생을 포기시키지 않겠다는 결의가 눈빛에 스치고 지나갔다. 그렇군요. 낙법이란 그렇게 소중하고 유용한 기술이군요. 길 가다 느닷없이 자빠지는 데엔 제가 또 일가견이 있으니까요.

처음 접했을 때 이 낙법이란 말이 멋지다고 생각하기는 했다. 음절이 갖는 뉘앙스에서 단호함이 느껴지고, 의미 면에서도 그렇다. 떨어지는 법이라니. 이 말은 제아무리 날고 기어도 누구나 추락할 수 있다는 뜻으로 들렸다. 살면서 넘어져본 적이 없는 사람이 누가 있을까. 몸이 다치는 일만이 아니라 크고 작은 사건 사고에 누구라도 엮여들 수 있다. 그걸 시련이라고 부른다면, 그 시련이 꼭 내 신체를 위험에 빠뜨리는 경우만 이르지는 않는다. 보이거나 보이지 않는 시련이란 빈도나 수위에서는 차이가 날지라도 사람을 가리지는 않는 법이다.

그렇게 보자면 나도 사범님처럼 자부심 가득한 눈빛을 발사해도 좋지 않을까 싶었다. 지금 이만큼이나마 지내는 것을 보면, 머리만은 어떻게든 보호해왔다는 생각이 들어서였다. 누구라도 오랫동안 사랑하고 믿었던 이들에게 배신을 당할 수도 있고, 동료가 나를 모함에 빠뜨릴 수 있으며, 도전하는 크고 작은 일에서 실패할 수도, 이런저런 물리적 폭행을 당할 수도, 나와 가족이 질병으로 인해 고생할 수도 있다. 세상의 많은 불행이 나와 그리 멀지 않은 곳에서 벌어진다는 점을 생각하면 이건 놀랄 일이 아니다. 다만, 이런저런 어려움을 겪었는데도 현재 제 인생을 오롯하게 꾸려가고 있다면, 여기저기에 상흔을 남겼을지는 몰라도 분명 가장 중요한 머리만은 잘 보호했다는 뜻이다. 인생이 가하는 공격에 일단 나가떨어지긴 했으되, 마지막 순간엔 낙법을 그런대로 잘 쳤다는 말이고, 내가 그런 사람 중 하나인가 자문해보면 조심스레 고개를 끄덕이게 된다.

한 사람의 인생에서 머리란 무엇일까. 이것이 정답이다, 말하고 싶지만 안타깝게도 그런 건 없는 듯하다. 개인의 가치관이나 성향, 처한 상황에 따라 시련을 버텨내는 동력이 돼주는 건 조금씩 다를 수밖에 없다. 그럼에도 모두에게 적용되는 기준이 있다면 이런 것들 아닐까.

시련은 지나간다는 믿음.

어떤 일이든 포기하지 않는다면 일정 수준에는 도달해 있으리라는 보편적 원리.

세상은 넓고 사람은 다양하므로 나는 타인을 온전히 이해할 수 없다는 사실.

나 자신에 대해서도 쉬이 확신해서는 안 된다는 신중함.

그러니 더욱 스스로를 잘 이해하고자 애쓰고, 그런 자신을 사랑해야 한다는 의무.

살다 보면 이 '머리'들이 위험해지는 때가 또 오겠지만 제대로 떨어진다면 결국 무사한 내일이 다가와 내 손을 잡는다. 내가 비록 특공무술의 후방낙법은 잘 못해도 인생의 후방낙법은 좀 할 줄 아는 듯해서 "에헴" 소리를 내고 싶었으나, 출렁대는 뇌수와 요동치는 위장 때문에 많이 어지럽고 메슥거렸다.

다음 날 체육관에 가자 차석사범님이 물으셨다.

"제희 님, 컨디션은 어떠세요?"

"두통이 너무 심하더라고요. 후방낙법 때문인 것 같습니다."

"아, 가벼운 뇌진탕이라고 볼 수 있죠."

뇌진탕? 그런 말을 그렇게 태연하게 내뱉으시깁니까?

"계속 연습하시다 보면 나아질 겁니다."

"뇌진탕인데요?"

"자, 운동하러 가시죠."

참으로 호방한 무도인의 세계였다.

우정에 나이를 따지지 말 것

#대련 ❷

믿지 못할 일이었다. 분명 전날까지만 해도 주 3회 운동이면 충분하다 싶었는데, 저녁엔 내가 좋아하는 밀푀유 나베 키트 요리에 OTT 드라마를 정주행하면서 열심히 일한 자에 걸맞은 주말을 맞으리라 계획했는데, 저녁이 가까워오자 마음이 도장으로 향했다. 운동을 하면 참 좋겠다는, 마치 오래전부터 체육인이었던 듯한 마음이 든 것이다.

그래서 갔다.

나를 보자 차석사범님이 뜻밖이라는 눈빛을 보냈다.

'네, 압니다. 저도 의외고요. 안 온다고 해놓고 오니까 좀 부끄럽네요.'

더욱이 금요일엔 성인들이 아무도 안 나왔기에 8시 청소년부에 출석했다. 은수 지수 자매가 이날 함께 운동하잔 말에 기뻐하기도 했고(둘 다 우리의 소중한 약속을 새까맣게 잊은 듯 나를 뭐 보듯 했지만), 특히 청소년들 틈에 있고 싶었다. 이런 기분을 느끼게 될 줄 당연히 몰랐다.

처음의 지나치게 어색했던 시간을 지나서 약간만 어색해진 시기를 맞자, 재미있다는 생각이 들었다. 내가 언제 청소년들 사이에 있어보겠어.

물론 이날은 살벌한 대련의 날이었다. 사범님께서 자비를 베푸시어, 나를 지난번과 같은 남중생이 아닌 지수와 짝지어주셨다.

지수로 말할 것 같으면, 유일하게 8시부에서 나보다 키와 덩치가 작은 초등 5학년 청소년. 사범님이 안 볼 때 대충 하라고 조언해주신 분. 운동은 즐거우려고 하는 것이니 스트레스 받지 말라는 명언을 남기신, 그 어엿한 선배님.

나는 대련에 앞서 지수에게 내 허리끈을 묶어달라고 했다. 안 풀리게 묶는 법을 아직 잘 모르기 때문이었는데 지수는 세상 귀찮다는 표정을 지으면서도 단단하게 묶어주었다. 이런 우리를 수석사범님이 조금은 어이없다는 표정으로 바라보았다. 사범님, 꼭 어른이 어린이를 보살피라는 법은 없으니까요.

내 허리끈을 짱짱하게 묶어주는 지수를 보자니 피식 웃음이 새어 나왔다. 아무리 대련이라도, 또 아무리 경력자라도 요렇게 작고 귀여운 녀석과 어떻게 몸싸움을 합니까.

곧 대련은 시작되었다.

하하하.

그리고 나는 죽을 뻔했다.

야, 너 뭐 강호동 사촌이냐?

2년 차의 짬이란 굉장한 것이었다. 지수는 다양한 조르기 기술로 내 목과 팔을 졸랐고, 다리로 내 허리를 휘감아 가뿐하게 돌려버렸고, 내 도복 깃이나 손목을 잡고 발을 거는 등 이래저래 밀고 당기면서 무시로 자빠뜨렸다. 실로 다양한, 초보로서는 알 길 없는 기술이 내 몸에 퍼부어졌다. 낙법이 다 뭐냐. 메다꽂으면 꽂히느라 잘 떨어지는 법 따윈 떠올릴 수 없었다. 대신 귀는 최대한 열어두었다. 지수가 나를 굴리는 동안 쉼 없이 가르침을 하사했기 때문이다.

도복을 이렇게 잡아야 손가락이 안 부러져요.

그냥 멍 때리고 있지 말고 빙빙 도세요. 등을 보이지 말라고요!(아 그렇지, 등!)

누워 있을 땐 발로 상대의 골반을 밀어내야죠.

밑에 깔려 있을 땐 절대 상대의 손을 잡지 마세요. 그럼 공격할 게 없어지는 거잖아요.

주옥같은 지도 편달이었다. 물리적으로 비슷한 눈높이를 한 상대가 나를 감아 돌리고, 업어치고, 넘어뜨리면서 설명하니까 매우 잘 이해되었다. 사범님도 왔다 갔다 하면서 소리쳤다.

"역시 지수 잘해!"

그래 지수 잘하네. 사범님 안 볼 때 대충대충, 즐겁게 운동하라고 하더니 지는 엄청 열심히 잘하고 있었네. 내 놀란 마음을 위로해주고 싶었는지 4분 후 대련 종료 알람이 울렸을 때 지수가 툭 한마디 했다.

"처음치곤 잘했어요. 힘도 세고."

아, 네. 처음은 아니지만 고맙습니다.

웃음이 났다. 내 친구 자녀보다 더 어린, 이 열두 살의 친구가 기운차게 나를 업어치는 것도 웃기고, 이래라 저래라 가르쳐주는 것도 유쾌하게 느껴졌다. 사람은 때와 장소 그리고 마음가짐에 따라 누구에게나 배울 수 있다는 사실을 새삼 떠올리면서, 우정이란 역시 별다른 성립 조건이 필요 없지 싶었다.

　조선 시대의 어린이 학습서 『동몽선습』이란 책을 보면 이런 말이 나온다고 한다.

　"나이가 많은 것이 배가 되면 어버이처럼 섬기고, 10년이 많으면 형처럼 섬기고, 5년이 많으면 어깨를 나란히 하고 따라가니……."

　한마디로 다섯 살쯤은 그냥 친구 먹을 수 있는 나이 차란 뜻이다. 그 유명한 오성과 한음, 정도전과 정몽주가 딱 다섯 살 차이였다고 하니 설득력 있게 들리긴 한다. 그러나 이 정도로는 너무 고리타분하게 여겨졌을까. 어떤 기록에 따르면, 조선 시대에는 '상팔하팔'이란 문화가 있었다고도 한다. 위아래로 여덟 살까지는 자유롭게 말을 놓고 편하게 지낼 수 있다는 의미다. 왜 굳이 여덟 살일까? 그건 조혼 풍습으로 인해 그 이상 차이가 나면 자칫 부친 또래와도 친구가 될 수 있었기 때문이라고 한다. 그렇다면, 더 큰 나이 차이도 사실 친구가 되는 데에 지장을 주지 않는다는 뜻 아닌가. 흥미로운 사실이다. "너 몇 살이야?"라는 말이나 생각을 한 번쯤은 해봤음 직한 현대인보다 우리 선조들이 더 유연한 자세를 취했던 듯하니 말이다.

어쩌다가 우리 사회는 이토록 나이에 민감해졌을까? 여러 각도에서 접근해서 답을 내려볼 수 있겠지만, 근대에 이르러서라는 점에서는 이견이 없는 듯하다. 근대에 학제가 도입되면서 취학 연령과 교육과정이 법제화되고, 그러면서 나이순이 중요해졌다. 이 나이가 사회윤리로 작동하게 되면서 사회적 서열화라는 결과를 낳았는데, 불행하게도 이 때문에 나이별로 사회가 정한 경로를 따라가면 성공한 인생, 그러지 못하면 실패한 인생, 아예 그 경로에서 벗어나면 나잇값 못하는 철부지라는 오명을 안겨주게 되었다는 것이다. 그러니까, 한 살이라도 더 먹은 네가 참아라, 이 말은 나이가 더 많은 사람이 모든 면에서 낫다, 우월하다는 뜻과 같아서 나보다 어린 사람에게 무언가를 배울 가능성은 없거나 없어야 한다는 생각으로 자연스럽게 연결된다.

이것이 사실이라면, 나는 지수에게 배울 게 전혀 없어야 했으나 당연히 아니었다. 나이와 상관없이 나는 지수가 대련에서 보여주는 힘과 집중력에 감탄하며 지도를 받았고, 함께하는 시간이 쌓여갈수록 어떤 우정을 느꼈다.

대련을 끝낸 다음 날 아침, 오른쪽 손목에 시퍼런 멍이 타원형 우주선처럼 또렷하게 새겨져 있었다. 지수에게 하도 손목을 많이 잡힌 탓이었다. 하긴, 외계인이 나타나 무술을 연마하지 않으면 지구를 폭파해버리겠다고 협박하지 않은 이상 내가 운동을, 그것도 특공무술을 하다니, 과연 외계 비행 물체의 등장만큼 놀라운 일이긴 했다. 멍 자국을 보니 진정한 체육인이 된 기분이었다.

나는 다음 출석일에 얼른 도장으로 가 지수를 찾아내, 조용히 내 손목을 가리켜 보였다.

지수는 고개를 갸웃했다.

나는 다시 손가락으로 내 멍 자국을 짚으며 턱으론 지수를 가리켰다. 지수가 눈을 동그랗게 떴다.

"제가요? 아니에요!"

너 강호동이 아니라 오리의 사촌이었구나?

일탈을 도모할 것

#연속안다리차기 **1**

도장 출입을 거듭할수록 운동이 일상의 일부가 되고 있음을
실감했다. 잘하는 건 하나도 없었다. 동작별로 정말 조금씩 진
도를 나갔으나 기본자세는 물론 발차기, 호신술, 낙법, 기본형
등 몸에 쉬이 익는 자세란 없다시피 했다. 이렇게 못하는데도
재미있게 느껴지는 게 신기했다. 이 운동을 왜 안 배우고 살아
왔지 싶을 정도였고, 역시 스포츠라면 이 정도의 역동성은 있
어야지 싶었다. 어느 날엔 출석 인원이 나 하나뿐인데도 그전
처럼 도망가지 말라는 사범님의 지시를 따르기도 했다. 땀 흘

리고, 집으로 걸어가며 식히고, 도착해 샤워한 뒤 소파에 앉으면 행복감이 찾아와 내 옆에 붙어 앉곤 했다. 사범님들과 나 혼자 운동을 해야 한다고? 말도 안 돼! 이런 저항감이 운동 후의 상쾌함과 행복감에 지고 만 것이다.

와, 나 이제 김종국이 이해돼. 규칙적인 신체 활동을 하면 온갖 좋은 호르몬이 분비돼 심신이 건강해진다더니, 사실이었구나.

아쉬움이 있다면 9시 성인부에 나가면서 청소년 친구들을 거의 보지 못했다는 점이었다. 어느 날, 조금 일찍 가서 인사를 하기로 했다. 도착하니 앞 수업이 끝나고 있었고, 은수 지수 자매는 서로의 파트너로서 대련을 하고 있었다. 나는 멀찍이 떨어져 지켜보면서 중간중간 두 사람과 눈이 마주치면 양손을 들어 호들갑스럽게 인사했다. 아이들은 눈빛과 미세한 고갯짓으로 내 유난한 인사에 반응했다. 한 세트의 대련이 끝나자 파트너를 바꾸어 은수가 수석사범님과의 대련에 들어갔다.

파트너를 잃은 동생 지수가 내 옆으로 와 앉으며 말했다.

"오늘은 머리 왜 안 땋았어요?"

응? 그동안 내 머리 스타일까지 보고 있었어?

"이렇게 묶으니까 너무 이쁘죠?"

아무 말 없이 고개를 돌리는 지수.

"오늘따라 내 뒤통수가 좀 괜찮아 보여서 높이 올려 묶었어요."

그러면서 머리를 좌우로 흔들어 보였다. 지수는 나와 좀 더 거리를 벌려 앉았다. 나는 이 차가운 도시 초딩 녀석이 아주 다른 데로 가버리기 전에 화제를 돌렸다.

"내일 쉬는 날이라 학교 안 가서 좋겠네요."

그러자, 지수는 다시 내적 거리감이 줄어든 얼굴로 자신이 내일부터 무엇을 할 예정인지 소상히 설명해주었다. 목요일 금요일 학교를 쉬고 포항에 사는 외할머니 댁에 고속버스를 타고 갈 계획이라는 것. 지수의 걱정은 멀미였다. 포항은 서울에서 너무 머니까. 멀미라면 나도 할 말이 있었다.

"나도 지난 주말에 제주도에 갔잖아요. 택시를 많이 타야 했는데 멀미하다가 죽을 뻔했어요."

지수가 이마에 주름을 그리며 물었다.

"토했어요?"

"아니. 거의 기사님 뒤통수에 뿜을 뻔은 했죠. 멀미약 꼭 챙겨요."

손으로 뿜어내는 흉내를 내자 웃기지만 안 웃긴 척하는 지수의 냉소적인 표정을 보며 나는 이 대화가 오늘 수련의 예고와도 같다는 사실도 모른 채 그저 흡족해졌다. 역시 일찍 오길 잘했어. 무릇 특공무술인이라면 선배를 즐겁게 해드리는 법.

드디어 8시부 수업이 끝났다. 지수가 수석사범님에게 이틀간 출석을 하지 못할 거라고 보고했다.

수석사범님은 날카로운 눈빛으로 물었다.

"왜?"

"사범님은 몰라도 돼요."

나는 더욱 흡족해졌다. 사범님, 사제 간의 우정은 제자 간의 우정을 뛰어넘지 못하는 법입니다.

잠시 후 성인부 수업이 시작되었다. 우리 수업의 체력 단련을 전담하시는 차석사범님과의 시간이 끝나자 내가 가장 좋아하는 발차기 수업이 이어졌다. 오늘은 기필코 연속안다리차기에 성공해보겠어. 언제까지 '못해도 재미있다니 역시 운동은 즐거워'에 만족할 거냐. 순수한 즐거움이란 것도 결국 성장이 뒷받침돼야 지속력이 생기는 법 아닌가.

기본 발차기는 앞차기, 안다리차기, 찍어차기(돌려차기)이고, 더 나아가면 연속안다리차기, 회축, 턴차기, 2단앞차기 등으로 이어진다. 이 중 내가 잘하는 발차기는 여전히 하나도 없

지만, 가장 좋아하는 발차기는 역시 연속안다리차기였다. 이유
는 간단했다.

멋있으니까!

기회만 있으면 나는 체육관 학생들에게 연속안다리차기를
보여달라고 졸랐는데, 봐도 봐도 잘할 수가 없었다. 대체 그 물
흐르듯 한 바퀴 핑 도는 즉시 뛰어올라 빡 걷어차는 기술을 어
떻게 하면 할 수 있단 말인가! 어떻게 하면 사범님이 들고 있는
그 미트를 퍽 소리 내며 연속으로 찰 수 있단 말인가! 지난 수업
시간에 분명 수석사범님께 슬로모션으로 배우긴 했지만, 일상
과 업무에 이리저리 치이는 사이 시나브로 사라져버린 것이다.

수석사범님은 친절하셨다. 마치 연속안다리차기를 태어나
처음 접해본 수련생을 대하듯, 동작을 구간별로 끊어서 연결하
는 법을 설명해주셨다. 이렇게 하면 내가 원하는 리듬감으로
동선을 그리며 발을 걷어차 올릴 수 있다고 하셨다.

첫째, 공격 자세에서 오른발 안다리차기로 미트를 한 번 빡
찬다.

둘째, 그 발을 왼발 앞쪽에 내린 뒤 그대로 콩 콩 콩 세 번 만
에 회전한다.

셋째, 원점으로 오면 왼다리를 90도로 들어 올리며 그 반동

을 이용해 다시 오른다리로 찍어차기를 한다.

나는 가르쳐주신 대로 정말 열심히 연습했다. 등과 배에서 땀이 흘렀고, 마스크 안에서 뜨거운 입김이 뿜어져 나왔다. 멀미가 나 속이 울렁거릴 정도로 열심히 연습했지만 기우뚱댈 따름이었다.

수석사범님이 다가와 물으셨다.

"제희 님, 본인이 왜 안 되고 있는 것 같아요?"

아, 다시 질문의 시작인가.

이게 무엇을 하기 위한 동작 같아요?

왜 이렇게 손을 꺾는다고 생각하세요?

기본 동작이 나중에 어떤 식으로 활용될까요?

질문이란 참 좋은 교수법이란 생각이 들기는 하지만, 애석하게도 나는 구토감이 일 정도로 계속 빙빙 돌며 연습했기에 좀 어지러웠다.

"돌 때 눈을 감아서?"

"음, 또?"

"점프를 잘 못해서?"

"음, 또?"

"아마도 제가 급해서?"

부들부들

"그렇취이!"

이 체육관에 다닌 뒤로 이런 칭찬은 거의 처음 들었다. 보통 너무 잘하는 수련생들에게 감탄하듯 뱉으시는 추임새인데, 나는 내가 왜 못하는지 알아서 칭찬을 받았다.

사범님 설명에 의하면 나는 첫 동작 후 회전할 때 너무도 급한 나머지 왼다리를 미리 들어 올리며 돌기 때문에 계속 기우뚱거리게 된다고 했다. 콩, 콩, 콩 세 번 찍으며 돈 다음에 왼다리를 들어 올리고, 그 반동으로 오른다리로 찍어차기를 해보라는 것이었다. 익숙해지면, 그때 그 모든 과정이 눈에 보이지도 않을 만큼 빨라질 거라는 게 사범님 설명이었다.

눈을 감는 것도 문제 중 하나였다. 내가 상대를 계속 주시한다고 생각하면 자동으로 회전 속도는 빨라질 수밖에 없다는 것. 목표점, 즉 상대의 가슴팍이나 배를 연속으로 타격하기 위해서는 상대에게서 시선이 벗어나는 시간을 최소화해야 한다는 게 사범님의 설명이었다.

내가 성격이 참 급하기는 했다. 집안사람들을 돌아봐도 마찬가지여서 누가 충청도인 느긋하다고 하면 콧방귀를 뀌며 살아왔는데. 중요한 건 속도 이전에 타깃을 주시하는 것과, 그 타깃으로 향하는 과정이었다.

안다리차기를 한 번 한 뒤 그 발을 내려놓는 위치, 회전 시 양다리의 높이, 회전할 때의 팔 동작 등이 돌아가는 속도와 몸의 균형감을 좌우했는데, 나는 회전 자체에만 급급해서 눈을 질끈 감은 채 잘못된 자세로 열심히 돌기만 했던 것이다.

수석사범님의 가르침대로 나는 천천히 정확하게 과정을 밟아가며 연습했다. 그리고 이제까지 한 번도 듣지 못했던 칭찬을 한꺼번에 들었다. 찰 때마다 들려오는 사범님의 찌르는 듯 우렁찬 추임새.

그렇취이!

아주 좋아요!

제희 님 굿!

거기서 끝이 아니었다.

"제희 님, 하체 힘이 예상외로 좋아요. 균형감이 있어! 곧 몰라보게 좋아질 거예요."

정말?

나는 마스크 안쪽에서 수줍게 웃고 말았다.

대체 발차기는 왜 이렇게 재미있을까.

멋있으니까 그럴 테지.

왜 멋있게 느껴질까?

인간은 직립하도록 두 다리의 근육이 발달한 동물이다. 자연히 팔근육보다는 다리근육이 발달할 수밖에 없다. 위력적인 공격술인 발차기를 하기에 좋도록 진화했다는 뜻이다. 발차기는 기본으로 발산하는 힘에서 두세 배 이상의 파괴력을 만들어 낸다고 하니, 이 힘찬 기술에 내가 마음을 빼앗기는 것도 무리는 아닐지 모른다.

하지만 더 큰 매력 포인트는 따로 있었다. 바로 물 흐르는 듯한 동작의 연결과 허공으로 가볍게 뛰어오르며 발을 걷어차 올리는 그 빠른 리듬감. 이 움직임은 바로 중력을 거슬러야 생기는 것이었다.

양발을 땅에 단단히 붙일 때 인간은 안정감 있는 직립을 할 수 있다. 특공무술의 기본자세를 취할 때에도 다리와 발에 단단히 힘을 주고 바닥을 딛는 게 시작이다. 중력에 제대로 호응해야 한다는 뜻이다. 다만 발차기와 같이 허공으로 뛰어올라야 하는 동작을 취할 때는 잠시 예외다. 중력에서 일탈해 뛰어오르고 허공으로 다리를 걷어차 올린다. 비록 찰나이지만, 그 일탈을 도모하고 잠시 날아오르(려고 노력하)는 동작에서 아마도 나는 쾌감을 느끼는 것 같다. 이 생소하고 역동적인 느낌에 몸이 놀라고 즐거워하는 듯하다고 해야 할까. 살면서 거의 느껴본 적이 없는 신체 감각에 신이 나서 멀미가 날 만큼 돌고 돌며 연습한 것이다. 일탈이 이렇게나 좋은 것이었나. 그렇다면 그동안 뭐 하고 살았을까?

그냥 두 발을 바닥에 단단히 고정하며 지내왔다. 가령, 그 유명한 노래 가사처럼 머리에 꽃을 달고 미친 척 춤을 추지도 않았고, 아파트 옥상에서 번지점프 할 생각은 꿈에도 없었다. 하다못해 어느 날 전 재산을 닥닥 긁어모아 세계여행을 떠나지도 않았다. 아무리 떠올려보아도 최대 일탈은 고등학교 시절의 아기자기한 모험들로 소급된다. 복장 불량, 지각, 무단결석, 야간자율학습에서 도망치기, 수업 시간에 만화책 보기, 학교장의 눈엣가시인 연극부 활동 정도가 다다. 그것만으로도 내게는 모험이었는데, 흥미롭게도 성실하게 자리를 지키며 공부했던 순간보다 그렇게 일탈한 순간들이 시간이 흐를수록 더욱 또렷해져 화두에 오르곤 한다.

그런 의미에서 여전히 책상과 소파와 침대에 붙어사는 내가 푹 떨어지고 차고 꺾고 밀어내고 조르는 기술이 난무하는 도장에 다니며 몸을 격하게 움직여보는 것도 꽤나 내 인생의 중력에 반하는 선택이었다. 어린이나 청소년에게 무관심한 내가 그들을 만나길 기대하는 것도 일종의 일탈이었다. 그러니까 연속안다리차기는 내게 이런 작은 일탈의 상징과도 같았다. 모처럼 꾀한 이 소소한 일탈이 즐거움뿐 아니라 내 삶의 자세에 작은 변화라도 낳는다면, 그것이 다른 변화를 꾀하는 또 하나의 기점이 되어준다면, 나는 영원히라도 회전하며 이 발차기에 진심을 바칠 수 있을 듯하다.

쉬엄쉬엄 통폐합할 것

#연속안다리차기 ❷

오전 내내 발바닥이 근질거렸다. 어서 사무실에서 나가고 싶어서였다. 평일 점심시간이었지만, 나는 동료들과 식사하지 않고 발길을 재촉했다. 가장 빨리 음식이 나오는 식당에 가서 서둘러 '혼밥'을 했다. 해야 할 일이 있었다. 연속안다리차기 연습이었다.

전날 도장에서 배운 발차기 기술 가운데 연속안다리차기의 여운을 어쩌지 못하고 근린공원으로 가서 복습을 하기로 했다. 구간별로 끊어서 하던 동작을 연이어서 자연스럽게 한 동작으로 체현하고 싶었다. 머릿속의 나는 날아다니는데 현실의 나는 기우뚱대니 그 둘을 속히 통폐합해야 했다. 조금만 연습하면 될 것도 같았다.

그러나 현실의 내가 강렬히 거부했다. 언제까지나 기우뚱대고, 다리도 제대로 못 올리고 심지어 넘어지기도 하는 그런 엉성한 존재로 영원히 남으려고 고집을 부린다고 해야 하나. 머릿속의 나는 당연히 그런 부실하고 우스꽝스러운 존재로 남느니 자신에게 어서 흡수되라며 공격을 가했지만, 현실의 내 방어력이 정말 만만찮았다.

그렇게 통폐합 협상이 결렬되고 있을 때였다. 점심시간은 어느새 끝나가 남은 건 고작 5분여였다. 공원에는 어르신이 몇 분 계셨고, 그중 한 분이 한 기구 위에서 다리 운동을 하고 계셨다. 내가 공원에 도착했을 때도 계셨는데 30분 가까이 계속하고 계셨던 것. 그 운동기구는 발판에 올라가 앞뒤로 다리를 왔다 갔다 하며 다리와 골반 운동을 할 수 있도록 고안된 기구로, 공식 명칭은 딱히 없으니 일명 '공중걷기'로 불리고 있었다. 어르신은 얇은 꽃무늬 상하의를 옷을 입고 고운 선캡을 쓰고서 시종 저렇게 느리게 하시는 게 더 힘들지 않을까 싶을 만큼 천천히 공중에서 걷고 계셨다.

이 공중걷기라면 나도 꽤 오래전부터 했다. 발차기를 하면서 다리가 제법 높이 올라갈 때면 이 운동의 덕을 보는 것 같아 보람을 느꼈다. 반가웠다. 내 시선이 느껴지셨는지 어르신이 나에게 손을 흔들었다. 나도 기꺼이 인사를 드렸다. 90도로 절하며 인사하진 않았다. 우리는 운동 안에서 친구이기 때문에 같이 양손을 들어 흔드는 걸로도 충분했다. 역시나.

"살살 하세요, 그러다 다쳐."

"네, 감사합니다, 어르신."

미소와 응원과 간소한 덕담이 넘치는 생활체육인들의 점심시간. 참 흐뭇하면서도 마음 한편에선 불만족스러움이 꿈틀거렸다. 아, 연속안다리차기를 제대로 완성하고 싶었는데, 지금은 안 되겠네. 초심자의 야욕이 너무 컸던 걸까. 정말 아직은 안 되는 걸까.

이 급한 성격은 가족력이라고 말할 수 있다. 시외버스나 기차 시간 20~30분 전에 가 있지 않은 사람은 우리 가족 중에 단 한 명도 없다. 어디 가야 한다, 라고 말하는 순간 이미 신발을 신고 있는 아버지와 어머니를 보고 자란 탓에 그게 표준이라고 생각하며 살았다. 내 말 속도가 느리니 차분하고 느긋한 성격일 거라는 인상을 받는 사람도 있으나, 그렇지 않다는 사실이

밝혀지는 데에 오랜 시간이 걸리지 않는다. 이런 탓이었다. 내가 멋있다고 생각하는 이 연속안다리차기 동작도 빨리 그럴싸하게 할 수 있길 바랐다. 멋있다고 생각하는 순간 이미 잘하고 있어야 내 성격에 부합했다. 그러니 실망스러운 마음이 들었다. 중년에 새로운 일을 시작했는데, 알고 봤더니 그게 내 숨겨진 어마무지한 재능이었다, 뭐 이런 걸 꿈꾼 건 아니지만 조금은 더 그리고 빨리 잘하고 싶었다는 말이다.

　사람의 성격이 변하는가 아닌가는 여전히 많은 사람이 관심을 기울이는 논쟁거리 중 하나다. 큰 관심을 받는 주제치고 학자들이 내리는 결론은 대동소이한 듯하다. 성격은 타고난 기질의 영향을 받고, 어지간해서는 잘 바뀌지 않는다는 것이다. 굳이 유전학자나 뇌과학자, 심리학자 들의 연구 결과를 거론할 필요도 없다. 자녀를 기르는 주변 지인들이 하는 말만 들어도, 아니 나와 내 부모의 성격적 유사성만 살펴도 알 수 있다.

　이와 관련한 유명한 이야기가 있다. 1979년, 각자 다른 가정으로 입양된 쌍둥이가 40년 만에 만났다는 기사가 신문에 실렸다. 이에 큰 흥미를 느낀 한 심리학자가 쌍둥이의 유사성과 차이점을 조사했고, 그 결과 자란 환경이 다른데도 손톱을 물어뜯는 습관이나 농구를 싫어하는 취향, 목공이라는 취미까지 같다는 사실에 놀랐다고 한다. 연구를 확장 및 지속한 이 학자는 창조성이라거나 효심, 사랑과 야망 같은 정신적 특성까지 유전자의 영향을 받게 된다고 주장했다. 말하자면, 내가 취미 활동에서조차 빠르게 좋은 결과를 내고자 하는 섣부른 야망도 다 조상 탓이라는 뜻이다. 나는 매우 성급한 경향이 있는 유전자를 타고났다.

다만, 인간은 조금은 복잡한 존재 아니던가. 만약 DNA가 인간 삶 전체를 좌우한다고만 믿는다면 우생학이라든가 연좌제 따위의 추종자가 될 가능성이 있다. 유전적 요인보다는 그 힘이 좀 약할지 몰라도 환경과 개인의 노력도 그 사람의 인생에 큰 영향을 준다. 범죄자의 자녀가 다 범죄자가 되지 않고, 사이코패스 기질을 타고났다고 해서 모두 반사회적인 인간이 되는 건 아니다. 같은 맥락에서, 내향적이라고 해서 모든 순간에 그런 것도 아니다.

나는 어려서부터 남들 앞에, 더욱이 낯선 이들 앞에 나서는 일을 무엇보다 꺼린 내향적인 성격이다. 편집자란 직업을 선택한 이유도 사람보다는 원고를 대면하는 시간이 훨씬 길 거라는 생각 때문이었다(뜻밖에도 사람을 많이 만나야 한다는 걸 알았을 땐 얼마나 좌절했던가). 이런데도 첫 책을 출간한 뒤로 더러 사람들 앞에서 강연을 한다. 독서와 글쓰기를 주제로 사람들 앞에 나서는 일이 종종 생기면 이제는 전처럼 불가능하다고 여기지 않는다. 새로운 경험과 가능성을 계속 만들어가야 하는 인생의 전환기에 들어섰다고 판단했기 때문이다. 무명작가인 데다 경험이 현저히 적은 내가 뭐 얼마나 획기적인 강연 결과를 냈겠는가마는, 그렇다고 좌절하지는 않았다. 되레 와, 이만하면 정말 잘했네 싶었다. 필요한 일이라고 판단한 순간부터 어떻게든 계속 해나가야 하는 일로 받아들이고 있으며, 더러는 나를 외향적으로 보는 수강자를 만나기도 했다. 타고난 성격대로였다면 나는 강연에 나서는 일이란 결코 없었을 테고, 시작했다면 즉시 명강연자가 돼 여기저기서 불러주는 스타 강사가 돼 있어야 했겠지만, 그런 건 불가능하다는 걸 잘 알았기에 무사히 강연을 마치는 것으로도 감사한 마음을 품었다. 경험이 쌓여감에 따라 처한 환경에 의해 사람이 부분적으로 혹은 순간적으로 전혀 다르게 변화할 수 있다는 점도 깨달았다.

　그날 점심시간에도 어르신과 만나 다시 한번 이 진실을 깨달았다. 나는 성격이 급해 빠른 결과를 내고 싶어 하고, 실제로 이뤄진다면 참 좋겠지만 세상만사가 그렇듯 운동 역시 단시간

내에 대단한 결과를 낼 수 없는 일들 가운데 하나라는 걸, 제아무리 급한 성격을 타고났다고 해도 모든 일에는 때가 있으니 노력하는 수밖에 없다는 걸 말이다.

어르신의 조언에 따라 나는 한두 번 더 연습해본 뒤 사무실을 향했다. 몸에는 간신히 다리를 들어 올리며 썼던 근육이 잠잠해지고 있었다. 뭐, 날아다니는 머릿속 내 몸과 기우뚱하는 현실의 몸이 필요한 만큼 충분히 치고 박다 보면, 계속 그러다 보면 언젠가 현실의 내가 머릿속의 나로 통폐합될 날이 오겠지. 어르신처럼 쉬엄쉬엄. 그렇게 천천히 하는 게 더 힘들지 않을까 싶을 만큼 쉬엄쉬엄 지속적으로 하다 보면 되겠지.

어르신은 보란 듯이 내가 공원을 떠날 때까지고 공중걷기를 하고 계셨다.

시간을 흥청망청 쓸 것

#대련 ❸

도장에 가 사범님의 지도를 받을 때면 학생이 된 것 같아서 기분이 새로웠다. 뭐랄까. 뒤늦게 한글을 배워 가나다라를 쓰고 이름 석 자를 쓰게 된 어르신들의 심정이 이럴까 싶었다. 몸 움직이는 법을 처음 배운 사람이 된 기분.

다만 성인의 저녁 시간이란 실제 학생 생활처럼 규칙적이지가 않아서 총 네 명인 성인부는 안정화되는 듯하다가도 원점으로 돌아가길 반복했다. 대학 리포트 때문에, 컨디션 난조로, 회사 일 때문에, 친구들과 지방으로 여행을 떠나서…… 참석하지 못하는 일이 잦았다. 그래, 그것이 자연스러운 성인들의 삶이지.

나만 빼고…….

나는 거의 초등학생처럼 정해진 일과대로 살기에 저녁 시간에 여유가 있는 편이다. 우리 회사는 정시 퇴근이 어엿한 문화로 자리 잡은 지 꽤 되었고, 나도 이제 어색해하지 않고 정해진 시간이 되면 회사 건물을 유유히 빠져나오는 인간이 되었다. 회식이나 미팅도 되도록 근무시간 내에 한다. 직장 생활을 오래 하다 보니 이런 날도 오는구나 싶어 감개가 무량할 때도 있다. 주변에 남은 친구도 소수 정예다. 시간이 맞는 친구들과 주로 주말에, 가끔은 평일에 만나서 식사하거나 1년에 한 번쯤은 산에 오르거나 하는 게 순수한 대인 활동의 전부라고 해도 과장은 아니다.

그날도 체육관에 도착하자 나의 청소년 친구들의 수업이 거의 끝나가고 있었다. 탈의실에서 환복하고 나왔는데 어쩐지 굉장히 휑했다. 출석하는 날엔 늘 일찍이 와 사무실에서 대기하던 성인부 수강생들이 단 한 명도 보이지 않았다.

나는 얼른 총기를 발휘했다.

앗, 이건 아무도 안 나올 각이군.

차석사범님께, 내일 다시 오겠다고 인사를 했다. 사범님이 차인표에 빙의된 듯 오른손 검지를 좌우로 저으며 고개까지 저으셨다. 사범으로서 아주 바람직한 대응이었다. 하지만 알고 있었다. 이 사범님은 마음이 약해서. 나 같은 웃어른을 아주 공경할 줄 아는 예의 바른 청년이시지! 수석사범님이 보기 전에만 탈출하면 되는데, 그랬는데 등 뒤에서 단전에서부터 올라오는 우렁찬 음성이 들려왔다.

"제희 님! 안녕하세요!"

"아, 네 안녕하세요. 사범님, 오늘도 고생이 많으십니다. 저는 내일 8시 수업에 오려고요!"

"무슨 소리 하시는 거죠? 내일도 나오실 수 있었던 건가요?"

아유, 물론 그렇죠. 다만, 금요일엔 다들 거의 안 나오니까 저도 대세를 따른 거죠.

"아하하하. 네, 일정이 바뀌어서요!"

"잘됐네요. 오늘도 하시고 내일도 하시면 되겠네요. 오늘 저희랑 같이 집중 수업 하시겠습니다."

저희랑 같이라면, 수강생 하나 사범님 둘이네요? 두 분이 나를 집중적으로 관찰하게 되겠네요?

나는 워낙 왼손이 하는 걸 오른손이 모르게 하는 걸 좌우명으로 삼고 사는지라 무리들 속에서 보이지 않게 혼자서 열심히 하는 게 좋았기 때문에 사범님의 호쾌한 제안에 금세 식은땀이 났다. 지난번 한 번쯤은 용기를 내 혼자 수업을 받아본 적도 있지만 역시는 역시였다. 다시 한번 내일 청소년부 수업에 오겠다고 말하며 출입문으로 향했다.

수석사범님께서 내 앞을 막고 무서운 표정을 지으며 말씀하셨다.

"지금 뭐 하시는 거죠?"

다시, 탈출 기회를 노려야 했다.

마침내 사범님들이 학생들을 보내느라 잠시 분주한 사이 나는 얼른 계단으로 뛰어나가 줄행랑을 쳤다. 뛰다시피 걸으며 사범님께 문자를 보냈다.

- 내일 8시에 뵙겠습니다, 사범님!

그렇게 도망친 자의 최후는 그것 참, 민망하기 짝이 없었다.

수석사범님께서 걸어오는 첫 번째 전화는 무시했지만 두 번째는 그럴 수 없었다. 가르칠 때도 많은 질문을 던지시고 동작의 원리를 설명하시며 수강생의 운동량을 최대화하시는 데 일말의 주저함이 없으신 수석사범님의 집념이 느껴졌달까. 그 의지에 굴복한 나는 통화 버튼을 눌렀고, 결국 혼났다. 이 나이 먹고 누구에게 그렇게 혼나기도 어려울 만큼이었다.

고교 시절이 아련하게 떠올랐다. 그 시절에도 나는 매일같이 선생님들께 봉걸레로 엉덩이를 얻어맞으며 하루를 시작하고 마무리했지. 분홍색 양말을 신어서, 넥타이를 안 매서, 야간자율학습시간에 튀어서, 떠든 학생으로 오해받아서, 무단결석을 해서. 차이가 있다면 학교는 반강제로 다녔지만, 도장은 내가 좋아서 다니고 있다는 것. 혼나는 자의 마음가짐도 자연히 달랐다.

사범님의 질책을 요약하면 나는 혼자 수업을 받을 수 있는 기회를 내팽개친 어리석은 수강생, 따라서 발전하고자 하는 의지가 과연 있는지 의문인 수강생, 그렇게 왔다가 가버려서 사범들을 황당하게 만든 혼나 마땅한 수강생이었다. 부인할 수 없었으나 평소 효율적인 업무 처리를 으뜸으로 생각하는 직장인의 영혼을 담아 변명을 했다.

"제 생각엔 또 사범님 둘에 수강생 하나는 너무 효율이 떨어지니까 퇴근하시라고."

"저희는 운동하고 가시는 게 훨씬 좋습니다. 지난번에도 말씀드렸는데요."

그렇지. 사범님은 어떤 상황에서도 운동을 하고 가는 게 좋다셨지. 퇴근보다 수업이 좋다니, 진심이셨던 걸까.

"사범님께서 그렇게 말씀하시니 마음 한편이 참 무겁습니다."

"무거우시라고 드리는 말씀입니다."

"아, 네. 내일 8시에 꼭 나오겠습니다."

"내일 제희 님 때문에 하체 운동 할 겁니다. 각오하세요."

"흑…… 네."

하체 운동. 다음 날 다리가 후들거리고 온 삭신이 쑤시는 그거. 야 너는 노인 공경도 없냐, 라는 소리가 나오려다가 스승의 그림자도 밟지 않아야 한다는 정신으로 후두를 지그시 눌렀다.

미숙한 태도였다는 것 나도 잘 알고 있었다. 스스로 좋아서 나와놓고 학교 수업에서 튀는 학생처럼 그러고 싶은지 의아하기도 할 테지. 또 과외 받듯 사범님들이 나만 봐주면서 집중적으로 가르쳐주면 더 좋기도 하겠지. 언제 일대일도 아니고 일대이 과외를 받아보겠어! 나도 다 안다. 다 알고도 그게 잘 안되는 사람이 있는 법이라는 걸 알아주십사 강력하게 호소하고 싶었으나, 어른답게 묵묵히 혼이 난 뒤 나의 안전가옥, 집으로 갔다. 여러 생각이 오갔다. 이렇게 주변머리가 없어서야 원 언제까지 다닐 수 있을까.

다음 날이 되었을 때 반성문을 쓰는 심정으로 또다시 도장에 갔다. 그 덕분에 다리가 흐느적거릴 때까지 하체 운동을 했고, 수석사범님의 시선을 피하며 학생들과 대련을 했다. 학생들에게 이리저리 몸을 휘둘리고, 졸림을 당하면서 깨달았다. 그 옛날 야간자율학습에서 도망하고 받는 벌보다 더하면 더했지, 모자라지 않구나.

수업이 끝난 뒤 탈의실에서 은수 지수 자매와 조우했다. 나는 친목을 도모하기 위해 전날 수석사범님께 혼나서 눈물이 쏙 날 뻔했다고 하소연했다.

몇 주 전 나처럼 수석사범님께 혹독하게 혼이 났던 은수가 조언해주었다.

"사범님은 예의를 되게 중시하거든요."

"도망친 내가 예의가 없었던 걸까요?"

"아무래도 그렇죠. 말도 안 하고 가셨잖아요."

"말을 안 한 건 아니지만 허락은 못 받았지."

"그러니까요."

"그래도 차석사범님은 덜 무섭죠?"

"에? 여기서 안 무서운 사람은 한 명도 없어요."

"진짜?"

진지하게 끄덕이는 자매와 함께 나도 고개를 끄덕이며 전우애를 다졌다. 그리고 결심했다. 차고 넘치는 저녁 시간 뒀다 뭐 하겠는가. 내 인생에 흥청망청 쓸 수 있는 게 뭐가 있다고. 기왕 선택한 이 운동에 저녁이나 실컷 쓰자고. 그렇게 시간을 들이다 보면, 내 인생에서 자주 발목을 잡았던 유난한 낯가림도 기세가 꺾이겠지.

새로움을 기꺼워할 것

#도약발차기

그렇죠!

나는 이 말을 발차기를 할 때 자주 듣는다. 내가 발차기, 정확히는 앞차기에 재능이 있었다니, 이래서 사람은 손해 보는 셈 치고 이것저것 해보는 게 좋나 보다. 앞차기보다 백배는 어려운 연속안다리차기 역시 무척 재미있어서 잘하고 싶었다. 한 바퀴 돌면서 연속으로 차는 데에 성공하면 그렇게 뿌듯할 수가 없었다. 물론 나중에 영상으로 보면 실망스러웠다. 하아, 간신히 한 바퀴 돈 수준이었던 거구나. 70 먹은 어르신도 이보단 빨

리 돌겠네. 좀 더 날래게 못 해? 응, 못 해.

그날도 그런 날이었다. 몇 미터 질주하다가 벽에 니은 자로 붙어 있는 의자로 뛰어올라 공중으로 날아서 발차기를 하는 날. 두 사범님으로부터 특별한 칭찬이 쏟아졌다.

"그렇죠!"

"제희 님, 정말 잘했어요! 오늘의 에이슨데요!"

오늘의 뭐, 뭐라고? 운동하다가 이런 소리를 듣다니, 전생 현생 후생 다 합쳐도 짐작 못 할 말이었다. 이게 다 우리 성인부 담당이신 차석사범님이 잘 가르쳐주시는 덕분이지. 수석사범님은 우리의 발차기 모습을 영상으로 찍어주셨다. 아니 얼마나 잘하고 있으면 영상으로까지? 나는 더욱 열심히 도약해 발을 쫙 하고 뻗어 올렸다. 신이 났고, 한 시간의 훈련 시간이 짧은 듯해 아쉬웠다. 다 같이 모여 마무리 인사를 할 때였다. 차석사범님이 뜻밖의 말을 했다.

"여러분, 다음 주 월요일 화요일까지는 결석 없이 모두 나오셔야 합니다."

그냥 결석 방지용이라고 생각한 나는 고개를 끄덕였고 다른 분들도 여느 때처럼 사범님의 시선을 피했다. 직장인에게 월요일이란 그렇게 호락호락한 날이 아니기 때문에 모두 나처럼 기계적으로 나올 수는 없는 거니까.

"제가 다음 주 화요일까지만 출근하기 때문입니다."

응? 무슨 소리지?

"제가 다른 체육관으로 옮기게 되었습니다."

뭐라고?

과장하자면, 하늘이 무너지는 기분이었다. 사범님이 이런 내 마음을 알았더라면 놀라서 도망치고 싶을 만큼 나는 사범님의 바짓가랑이를 붙들고 싶었다.

아니 대체 왜? 왜죠? 왜죠?

마음과 달리 묻지는 못하고 중얼거렸다.

"이제야 적응했는데 딴 데로 가세요……?"

사실이었다. 사범님이 내 하늘이 아니라, 이제야 사범님께 적응한 내 운동 패턴이 하늘이었다. 특공무술은 성인에게 대중적인 운동은 아니어서 이 시간과 사범님께 이제 막 적응하기 시작하는 데 석 달이 걸린 마당이었는데, 그만두신다는 거다.

'이 제자를 두고 정녕 가신다는 겁니까?'

이런 말을 하기엔 그간 사범님과 조금도 친밀해지진 않았다. 나는 그저 운동하는 저녁 시간을 사랑했고, 새로이 형성된 이 시간의 패턴을 더욱 공고히 하고 싶었다. 그랬기에 이어지는 금, 토, 일 그리고 마지막 월, 화 동안 나는 다른 일을 하다가도 이 생각을 퍼뜩 떠올리곤 했다.

'사범님이 바뀌다니 어쩌지.'

'어쩌긴 운동은 계속 해야지.'

'하지만 사범님이 바뀌네.'

'아, 이건 옳지 않아.'

'싫어, 싫어.'

사람 바뀌는 게 뭐라고. 회사 원 데이 투 데이 다니나? 이곳도 사범님들에겐 직장이다. 직장이란 곳은 늘 사람이 바뀌게 돼 있다. 직원이 퇴사해도 그 업무는 계속되듯이 운동도 그냥 계속되는 거지. 그런데도 나는 내 저녁 시간의 규칙적인 흐름 중 중요한 무언가가 툭 건드려지면서 톱니바퀴가 어긋난 느낌이 들었다.

물론 중후한 어른답게 태연한 척 사범님의 퇴사일까지 열심히 출석했다. 청소년들이 사범님의 얼굴에 케이크를 박고 기념 촬영을 하는 등 어수선한 마지막 날을 보내고, 다음 날, 우리 성인부는 드물게 전원이 출석했다. 새로운 사범님에 대한 예의쯤으로 생각했던 듯하다.

그리고 나는…… 이 바뀐 사범님을……

순식간에…… 좋아하게 되었다.

하하하하.

동작 원리를 너무나도 잘 설명해주시고, 시작과 마무리의 동작을 세밀하게 알려주시는 것 아닌가.

아무 문제가 없잖아. 좋잖아!

나는 삐걱거리던 저녁 시간의 톱니바퀴가 다시 정확히 맞물리며 굴러가는 소리를 들었다. 그 소리는 평화 자체였다.

물론 사범님들마다 중시하는 지점이 조금씩 다르다 보니 이전 사범님의 새롭고 노련한 수업 내용이 생각날 때도 있었다. 실제로 이 도약발차기는 운동의 재미를 배가하기 위해 그 사범님께서 도장 환경에 맞추어 고안하신 거였기에 그 뒤로는 해본 적이 없었다. 그러나 이제 막 사회생활을 시작한 듯 보이는 새로운 사범님이 기본에 충실하게 하나하나 가르쳐주는 그 꼼꼼함과 성실함 또한 경험할 수 있어서 진심으로 좋았다. 기본이 중요하다고 모든 사범님이 하나같이 강조하셨는데, 이 새 사범님을 만나고서야 하나의 동작 안에서 이어지는 구간별 동작들이 어떤 원리로 물 흐르듯 연결되는지 조금씩 이해하게 되었다.

이럴 수가, 팔의 방향이 이러니까 손날로 찔러야 했구나.

아, 모아서기는 두 손을 모아 잡아 머리 위에서 내려와야 했구나.

아하, 십자막기는 이 순서대로 손을 뻗어야 했구나.

오, 누워 있는 상대와 가까운 다리로 눌러야 하는구나.

수강생도 초심자, 사범님도 사범님으로서 초심자일 때만이 얻을 수 있는 귀한 시간이 아닐까.

한때 〈기동전사 건담〉이란 애니메이션을 비롯해 그것의 프리퀄과 시퀄까지 본 적이 있다. 이젠 자세한 설정과 이야기 흐름이 기억나진 않지만, 한 가지 또렷하게 남은 용어 하나는 '뉴타입'이다. '뉴타입'이란 말 그대로 새로운 유형을 가리킨다. 우주세기가 시작된 이후 우주 환경에 적응하여 새로운 형태로 진화한 인간들이 출현했는데 그들이 바로 뉴타입이다. 이들의 가장 강력한 특징은 '육감'이다. 적의 움직임과 공격을 느낌만으로 예측할 수 있으니 공수 능력 전부가 탁월한 우주 전사가 될 수 있다. 또한 이들은 정신파를 이용해 다른 뉴타입들과 소통할 수도 있고, 초능력으로 자기 생각을 전달할 수도 있다. 광활한 우주에서 각자의 우주선을 탄 채 텔레파시로 소통할 수 있으니 뉴타입이 이야기상에서 각성한 자들로 주목받는 것도 참 당연하다.

　말하자면, 나는 도장에서 마음만은 뉴타입, 각성한 자로 진화한 기분이었다. 평소의 나는 지구에 살도록 최적화된 올드타입처럼 내 삶의 반경에서만 사부작거리며 살았다. 아마도 그래서였을 거다. 신뢰가 무너진 친구나 연인과 관계를 정리하는 데에 평소 내 신조보다 오랜 시간이 걸렸고, 불합리한 조건에서도 한 직장에서 오래 일하고, 치료 효과가 더딘 병원도 웬만해서는 바꾸지 않았다. 도장의 사범님이 바뀌는 것도 내게는 크다면 큰 변화여서 전전긍긍했는데, 이것 참, 각성하지 못한 구세대 올드타입 같았다. 난생처음 운동을, 그것도 무술을 배우겠다고 이곳에 온 자체가 큰 변화였다. 이 도장이 있다는 사실도 늘 다니던 길에서 벗어나 새로운 경로로 퇴근하면서 알게 됐다. 그새 또 잊고 사람 하나 바뀐다는 이유로 끙끙댄 것이다.

　예기치 않은 변화가 왔을 때, 육감까지는 아니라도 이 믿음을 발휘해보면 좋겠다. 결국은 익숙해지게 돼 있고, 생각보다는 그 변화가 매우 좋을 수도 있다는 사실. 어른이 돼도 여전히 어렵게 느껴질 때가 많지만, 이후로도 역시 그럴 테지만, 좀 더 확실히 알게 된 것 같다.

　뭐야, 바뀌니까 또 되게 좋네?

상대의 신호에 집중할 것

#물구나무서기

　도시락 세대는 알지도 모르겠다. 점심시간에 메뉴가 무엇인지 모르고 도시락 통을 열 때의 기대심을. 어떤 반찬이 들었을까? 중학생 때까지 도시락을 들고 다녔던 나는 대체로 실망하는 날이 많았다. 엄마는 하루에 도시락을 다섯 개 싸셔야 했고, 반찬값 절감을 위해 늘 창의적으로 이 재료와 저 재료를 조합해 정체불명의 메뉴를 고안해내셨기 때문이다. 소시지나 맛살 같은 순수한 가공식품을 기대했던 나는 매일같이 실망했지만, 엄마의 독창적인 도시락 반찬에 길들여지면서 때로는 이건 대체 어떤 맛일까 기대하는 날도 생겼다. 친구들도 내가 싸 오는 반찬에 흥미를 보였다. 와, 이건 이름이 뭐야? 나도 모르지. 지금이라면 일일 다섯 개의 도시락을 싸시는 엄마의 성실함과 궁여지책으로 나온 그 창의성에 박수를 보냈을 텐데, 참 철이 없었다.

그러니까 물구나무서기를 배우겠다는 말을 들었을 때, 마치 도시락 메뉴가 무엇인지 모르고 뚜껑을 열었는데 한 번도 먹어보지 못한, 어쩌면 맛없을 수도 있는, 그렇지만 맛있을지도 모르니까 먹어는 볼까 싶은 반찬을 마주한 기분이었다. 정말 내가 물구나무를 서게 된다고? 언제 거꾸로 서봤더라? 기억이 나지 않았다. 보는 것만으로도 굉장히 위험해 보이는 그 동작을 몇 번이나 했을까. 한 적은 있을까? 그냥 해보는 거지, 뭐.

참 신기했다. 운동 몇 개월 했다고 물구나무서기가 어쩌면 재미있을지도 모를 것 같은 기분이 들었다. 그건 아마도 생소한 동작을 하고 난 뒤 여기저기 생기는 가벼운 근육통을 느낄 때마다 내가 얼마나 신체의 극히 일부만 사용하며 사는지 깨닫게 돼 그런지도 모르겠다. 아인슈타인이 평생 자기 두뇌의 15퍼센트만 썼다며 뇌의 신비로움에 감탄하고 일반인의 뇌 사용량에 한탄들을 하지만, 그 대단한 아인슈타인도 육체노동을 하는 이들이나 전투 훈련을 해야 하는 군인보다 신체 사용량과 범위만큼은 평균 이하이지 않았을까. 내 말은, 그러니까 아인 슈타인은 무술을 연마하는 나보다 신체 사용량과 범위가 낮았을 거다, 그 뜻이다. 에헴.

사범님은 체조 동작의 일부를 습득하는 시간이며, 대표적인 물구나무서기를 배우겠다고 했다. 회전 낙법 등을 할 때 도움이 되는 훈련 같았다. 우리는 각자 벽을 마주한 뒤 엎드려 두 손을 바닥에 붙이고 발을 공중에 차올리는 것부터 배웠다. 두 발로 벽을 칠 정도만 되면 사범님이 내 두 다리를 잡아 뒤꿈치를 벽에 붙여주시기로 했다.

그 옛날 엄마의 새롭고 모험적인 도시락 반찬이 그러했듯 물구나무서기 반찬도 예상보다 맛있었다. 두 다리는 생각보다 잘 올라가서 몇 번 정도 차올려보자 벽을 칠 수 있게 되었고 곧 벽과 사범님의 도움으로 나는 물구나무서기를 할 수 있게 되었다. 한 번은 사범님이 손을 놓았는데도 혼자서 자세를 유지하기도 했다.

정말 멋진 동작이었다. 허공에 순간적으로 붕 뜨는 발차기에 비할 게 아니었다. 물구나무서기는 신체에 가해지는 중력의 방향 자체를 뒤집는 굉장히 저항적인 자세인 것이다. 찾아보니, 수반되는 효과가 적지 않았다. 중력이 가해지는 방향이 반대가 되면서 혈액순환도 좋아지고, 뇌 혈류량이 증가해 집중력과 기억력도 좋아지고, 하체 부종도 해소되고, 긴장과 근육이 완화될 뿐 아니라 어깨 근력도 향상된다. 요가에서는 인간이 직립 생활을 하며 생기는 쏠림 현상을 해소하고, 장기들의 기능을 회복시키기 위한 방법으로 이 물구나무서기 자세를 자주 취하기도 한다. 물론 연습할 때엔 이런 효과를 떠올릴 여력 따위는 없었다.

그저 신이 났다. 품새나 호신술, 발차기 등을 할 때와는 확연히 다른 신체 감각이 그대로 느껴졌다. 그래서 더 열심히 걷어차 올렸다. 수석사범님의 우렁찬 독려의 외침도 한몫했다. 다리를 차올려 거꾸로 서고, 차올려 거꾸로 서고, 정말 재미있는걸?

너무 신이 난 게 문제였을까.

내가 걷어차 올리기 전 다리를 앞뒤로 오가는 동작의 횟수와 사범님이 마음속으로 센 하나 둘 셋 구령 횟수가 맞지 않아 사범님의 얼굴을 걷어찬 것이다. 엎친 데 덮친 격으로 사범님은 두꺼운 뿔테를 쓰고 계셨다. 안경 코 모양 그대로 콧대의 일부가 붉어지고 피가 맺혔다. 나는 평소 사범님을 하늘같이 대

그렁죠,
잘하고 있어요!

진.. 진짜?

해 되도록 물리적인 거리를 유지하며 예를 지켰지만 이날만큼은 손으로 상처를 가리려는 사범님의 손을 잡아 내리고 부상 상태를 확인했다.

"붓고 있어요!"

"아, 별거 아닙니다."

"아니요, 피가 흐를 것 같습니다."

"제가 신기한 거 보여드릴까요?"

사범님은 탕비실에 다녀오더니 부상 부위를 보여주었다. 신기하게 부기가 가라앉았다.

"피부는 탄력이 있기 때문에 그 부위를 지그시 눌러주면 다시 들어갑니다."

그 와중에도 가르침을 하사하셨다. 아, 이거 참 웃어야 할지 말아야 할지. 내가 누군가를 때린 건, 초등학교 때 내게 시비를 걸며 몸싸움을 걸어왔던 반 친구와 격투를 벌인 그때뿐이었다. 말이 좋아 격투지 그마저도 대차게 얻어맞아서 추레한 꼴로 귀가하자, 분에 못 이긴 나의 언니가 그 집에 찾아가 친구 부모님께 사과를 요구한 적이 있다. 그러니 도장에서 나는 큰 충격을 받았다. 내가 누굴 걷어차서 피를 흘리게 했어?

남은 운동 시간에 집중할 수가 없었지만, 사범님은 그 정도의 부상은 아주 흔한 일이라는 듯 더는 개의치 않으며 계속 물구나무서기를 시키셨다. 내가 사범님이 보내는 신호를 잘 읽어야 했다.

신호라는 건 양자가 합의된 내용을 성실히 이행할 때 효력이 있다. 하나 둘 셋에 발을 걸어차 올리기로 했다면, 사범님과 나는 그 신호를 서로가 인지하도록 분명히 표현해야 했지만 그러지 않았고, 결과는 선연한 핏빛. 이건 마치 기대치 않게 도시락 반찬이 맛있어서 제대로 씹지도 않고 먹다가 혀를 깨물고 피 맛을 본 기분이라고나 할까.

생각해보면, 얼마나 많은 사람이 정확히 표현하지 않아도 상대가 알 거라고 착각하며 사는지 잘 짐작도 안 된다. 나 역시 생각이나 감정의 표현력이 약해서 오해를 산 적이 많다. 그 오해를 풀 길이 막막해서 그대로 둔 채 흘려보낸 적도 적지 않다. 이게 다 그 옛날 "말하지 않아요. 눈빛만 보아도 알아"라는 광고 음악이 전 국가적으로 유행해서라고 핑계를 대보고 싶지만, 평소 생각과 감정의 선이 복잡한 이들은 필연적으로 표현력이 약할 수밖에 없다. 이렇게 이해하고 모두가 평화로우면 좋겠으나, 그건 대체로 불가능해서 오해가 누적되면 상대의 얼굴을 가격하거나 혀를 깨물어서 피를 보게 되는 일도 종종 있다.

사범님과 내가 하나 둘 셋을 마음속으로 세지 않고 각자의 신호를 정확하게 소리 내 표현했다면 그럴 일이 없었을 것처럼, 사람과 사람 사이의 많은 일도 이와 같지 않을까.

나는 다음 출석일에 회사 근처 맛집에서 파는 과자와 초콜릿을 선물로 들고 체육관에 갔다. 다행히, 사범님의 코는 그새 많이 회복돼 있었다. 뭐 이런 게 대수냐는 듯 양팔을 벌리며 으쓱. 확실했다. 사범님은 아인슈타인보다 신체의 1,500퍼센트는 더 쓰는 사람이야.

불편함을 추구할 것

#수기방어연결형

　새로 오신 차석사범님과 형식적이나마 이런저런 대화도 주고받으면서 서로 어색해하는 시간을 어느 정도 보낸 뒤였다. 처음 오신 날에도 느꼈지만, 이 사범님은 정말 기본을 잘 가르쳐주신다. 그중에서도 '형'(품새)을 제일 잘 가르쳐주신다.

　어떤 자세로 동작을 시작해야 하는지 분명히 설명해주시는 데에서 첫날에 큰 신뢰감을 느꼈다. 나는 대체로 기본부터 시작하는 체계성과 순차적으로 진행하는 계획성에서 자유로움을 느끼기 때문이다.

그날은 기본과 체계에 충실한 이 사범님의 가르침이 정점을 찍었다. 손으로 방어하는 동작들을 연결해서 익히는 수기방어 연결형 시간이었는데, 기본에 충실하기 위해 얼마나 많은 에너지를 들여야 하는지 깨달았다.

그간 적당히 두 다리를 앞뒤로 벌리고, 손을 대충 이렇게 저렇게 찌르고 돌리고 하면 되는 줄 알았던 자세들은 사실 그렇게 하면 안 되는 거였다.

사범님의 표현대로라면 이랬다.

"그냥 대충 편한 대로만 하면 아무리 그다음 동작을 배워도 발전이 없죠."

편한 대로만 했다고 생각하지 않았는데, 알고 보니 상당히 그런 편이었다. 사실 이전 사범님은 그간의 통계를 바탕으로 제대로 엄격하게 운동시킬 경우 성인 수강생들이 계속 결석할 확률이 높다는 걸 잘 알고 계셨기에, 마음을 많이 내려놓으시긴 했다. 새로운 사범님도 마음이 약하셔서 "아이고, 노인이라 힘드네요"라고 엄살만 부려도 팔굽혀펴기 서른 번 할 거 스무 번으로 줄여주시기도 했지만, 기본 동작과 관련해서는 양보가 없으셨다.

그게 대단히 내 취향에 맞았다.

두 다리를 앞뒤로 벌릴 때 각도는 이러이러해야 하는데 뒤에 놓은 발끝의 각도는 어떠해야 하는지, 두 손은 각각 어디에 두어야 하는지, 손끝 모양은 어떠해야 하는지, 각 동작은 어떤 식으로 연결돼야 하는지, 두 다리에 힘을 싣는 비중은 몇 대 몇으로 해야 하는지, 생각지도 못했던 지점을 짚어주셨다. 뭔가 제대로 하고 있다는 기분이 들었고, 와, 진짜 다리가 후들거리고 온몸에서 땀이 흘렀다(고 말하고 싶지만 암튼 뭔가 기분으로는 진액이 흐르는 느낌이었다).

"사범님, 이렇게 두 다리를 제대로 벌리는 것만으로도 너무 힘드네요."

"네, 그렇죠. 사실 기본이 기본인 거는 쉽지 않기 때문이죠. 초등학생들은 이 기본 동작만 몇 개월씩 배웁니다."

그러면서 또다시 강조하셨다.

"편한 대로 대충 이렇게 이렇게 흐느적거리면서 하시면 안 됩니다. 각 동작의 포인트를 찍으면서 절도 있게, 그러면서도 자연스럽게 연결해보세요."

네, 그러고 싶죠. 정말 그러고 싶습니다.

기본이 중요하다는 건 다른 사범님들도 충분히 강조해주셨고 나도 깊이 공감하는 바이지만, 기본의 기본까지 꼼꼼하게 짚어주시니 아주 몸이 후들거리는데, 내 몸이 그 힘듦을 거부하고 편한 대로만 하고 싶어 해서 관성이라는 게 얼마나 막강한 놈인지 알게 됐다.

편한 대로만 하면 정말 얼마나 느긋한 삶인가. 퇴근하고 운동 따위 안 하면 그야말로 쉼이 있는 저녁이다, 일할 때도 시키는 일만 대강 하면 더없이 편하다, 관계에서도 갈등을 대충 눙치면 당장의 불편함은 모면한다. 편한 건 지금의 나에게 여유와 숨구멍을 만들어준다.

그렇지만 운동을 안 하면 갈수록 체력이 저하된다. 운동을 처음 시작할 때 나는 윗몸일으키기를 한 개도 제대로 하지 못했지만 5개월 차에 이르자 서른 개쯤은 혼자서도 할 수 있게 되었다. 일터에서도 시키는 대로만 하기보다 전체 그림을 보고 그다음을 생각하면 당장은 속도가 나지 않는 듯해도 결국 빠르고 정확하게 일을 처리하는 실력자가 된다. 관계에서 갈등을 피하지 않으면 당장은 불편해도 건강한 만남을 이어가거나 깔끔하게 정리할 수 있다.

단지 기본을 지키는 건 시간이 들고, 그래서 힘들고 불편하니까 다들 어느 정도 외면하며 살 뿐이다.

수기방어연결형을 가르치던 사범님은 우리 꼴을 보다 못해 다시 기본자세연결형으로 돌아갔다. 즉 기본자세연결형-수기공격연결형-수기방어연결형을 처음부터 다시 하시겠다는 거였다.

좋았다.

기본 동작만 여지껏 수개월째 배우고 복습하고 있지만, 지루하지 않다. 배울 때마다 조금씩 나아졌다. 느려도 기본에 충실할 것, 지금 느끼는 불편함이 결국 나에게 단단하고 든든한 무언가를 안겨주리라는 걸 특공무술의 기본 동작들을 배우며 새삼 깨닫게 되었다.

생활체육이라는 게 직장에서 성과를 내야 하듯, 학교에서 우수한 성적을 내야 하듯 기한이 정해져 있지도 않으니 더욱 좋았다. 성실하게 걸으면 목적한 곳에 도달하듯, 꾸준히 운동하다 보면 조금씩이라도 실력이 나아진다.

만약 운동이 사람으로 태어난다면 가장 먼저 하는 말이 이것 아닐까?

'배신이 뭐예요?'

수석사범님이 종종 말씀하시듯, 운동은 배신하지 않는다. 아주 기본적인 것만 지켜도 나처럼 심각한 운동치마저 외면

하지 않고 어깨를 툭툭 두드리며 미소를 지어주는 인내심 많
고 관대한 친구가 운동이었다. 기본에 충실히 한다는 그 조금
의 불편함만 감수한다면 말이다.

존재 이유를 잊지 않을 것

#회축

특공무술의 동작이나 기술 용어에는 한자어가 많다. 바로 뜻이 와닿지 않는 한자어 때문에 안 그래도 운동 앞에서 작아지는 마음이 더 작아진다. 수기공격, 평자세, 교차, 관수, 안수도, 역수도, 중지권, 평수 등등. 학창 시절 한문 시간을 사랑했던 아이는 이제는 사라져, 그런 용어들을 마주하니 도저히 다 내가 할 수 없을 만큼 어렵게 느껴졌다.

그중 가장 폼 잡는 동작명은 '회축'이 아닐까 싶다. 회축이라니, 아니 회축이라니 그게 뭐죠? 이게 처음 들었을 땐 뭔 말인가 싶었지만 단어를 가만히 살펴보니 어떤 동작인지 조금은 감이 잡혔다. 빙그르 돈다는 의미의 '회(回)' 자에 중심축 할 때의 그 '축(軸)'이다. 영어로는 '백 킥back kick', '스핀 킥speen kick', '휠 킥wheel kick'이라고 한다. 한 다리를 중심에 두고 다른 다리와 몸 전체로 원을 그리며 발 측면이나 뒤꿈치 혹은 발바닥으로 상대를 후려치는 기술이 회축이다. 그냥 뒤돌려차기, 뒤후리기를 어렵사리 회축이라고 불러서 뭐 되게 있어 보이게 한 거다.

이렇게 한자어를 잔뜩 사용하는 것도 다 겉멋 아닌가 싶었다. 실제로 특공무술은 기본자세연결형부터 굉장히 화려한 무대 퍼포먼스처럼 보이기도 한다. 아주 오만가지 멋을 다 부린다. 오죽하면 내가 처음 기본자세를 배울 때 아이돌 댄스를 연상했을까.

하지만 뒤돌려차기는 실제로 뭔가 되게 있는 기술이 맞기는 했다. 발차기는 어느 무예에나 있지만 뒤돌려차기는 희귀하다고 한다. 종합격투기에서도 실전성을 인정받아서 만약 이 기술을 걸면 굉장한 공격을 가할 수 있고, 태권도를 세계에 알리게 된 기술도 이 뒤돌려차기다. 무엇보다 정말 멋있다. 왜 멋있는가 생각해보면, 상하로 움직이는 몸 전체의 움직임이 대단히 역동적이고 입체적이기 때문이다.

나는 그간 발차기 중 연속안다리차기를 제일 좋아해서 한창 꽂혀 있던 봄과 초여름에는 내가 사는 건물의 옥상에서도 연습하고, 점심시간에 근린공원에서도 연습했지만, 이 발차기의 멋들어짐은 회축에 미치지 못했다. 어떻게 인간이 몸 전체로 그렇게 활기차게 공간감을 구현하는 선을 그릴 수 있을까. 이 동작을 느린 속도로 보면 흡사 김연아 선수의 스파이럴 동작 같기도 하다. 하늘을 힘 있게 나는 한 마리의 새 같다고 해야 할까.

한쪽 다리로 중심을 잡고, 다른 쪽 다리를 뒤로 들어 올리는 동시에 상체를 숙여 뒤로 회전하는 그 자세라고 보면 된다. 김연아 선수가 거기서 상체를 들어 올린 뒤 화려한 스핀이나 점프로까지 연결한다면 회축은 그 자세로 뒤돌다가 다시 한번 정면의 타깃을 빡 하고 찬다.

물론 내 몸은 그런 선을 당연히 그리지 못한다. 머릿속에서는 아름답고도 역동적으로 그려지는 그 입체적인 원이 현실에서는 찌그러진 원조차 되지 못해 엉덩방아 찧거나 기우뚱하기 일쑤였다. 상체를 숙이고 한쪽 다리를 뒤로 죽 올려 뻗으면서 그려지는 그 대각선, 흡사 다빈치의 인체 비례도를 훨씬 입체적으로 힘차게 체현하겠다는 듯한 그 동작은 나 같은 초보자

로서는 범접할 수 없는 기술이었다. 갈수록 나아지고 싶은 마음에 눈빛을 형형하게 빛낸 모양이었다. 사범님은 다리를 뒤로 올려서 돌리는 동작을 따로 연습시키는가 하면, 상체를 숙였다가 재빨리 다시 정면을 보는 연습 등 동작을 쪼개서 훈련시켜 주시기도 했다. 단계별로는 잘되던 것도 하나의 동작으로는 연결되지 않았다.

"왜죠? 왜 그럴까요?"

사범님께서 물으셨다. 제가 그걸 알면 지금쯤 도연아가 돼 이름을 떨쳤죠. 이런 배은망덕한 말이 입 밖으로 나올 뻔했지만 알맞은 대답을 찾아 헤맸다.

"축이 되는 다리에 힘이 없어서?"

"네, 그것도 맞아요."

"또 있나요?"

"네, 지금 가장 안 되는 게 있죠."

"아……."

"마무리는 잘하시는데 그게 잘 안 돼요."

음…… 축이 되는 다리에 힘이 없는 것보다 더 심각한 게 뭐지? 몸을 뒤로 잘 못 돌려서? 근데 사범님은 모르시겠지. 오랜 세월 거북목 회사원으로 산 탓에 회축 한답시고 몸을 돌릴 때마다 허리가 얼마나 아픈지. 회축을 한 날엔 집에 가면서 허리를 부여잡기 일쑤였다. 저도 정말 잘 돌리고 싶다고요.

좀처럼 대답하지 못하는 나를 보며 사범님은 작은 한숨을 쉬셨다.

"제희 님은 타깃에서 눈을 떼면 안 되는데, 그러니까 재빨리 몸을 돌려 타깃에 시선을 둔 다음에 발을 차야 하는데, 몸을 돌려야지, 빨리 발을 차야지, 이런 생각을 하느라 타깃도 보지 않은 채로 아직 상체가 아래에 있는데도 돌려차기를 하죠. 타깃도 보지 않고서."

아, 이번에도 시선의 문제였구나. 그럼 몸을 잘 못 돌려서 그런 거니까 절반은 맞네?

이 시선 처리가 얼마나 중요한지, 많은 수련생이 골반과 몸을 반쯤 돌릴 때 머리를 재빨리 돌려 몸보다 먼저 타깃에 시선을 고정하는 훈련을 따로 한다고 한다. 몸을 잘 회전할 줄 알아도 시선이 엉뚱한 데 있으면 정확하게 타깃을 타격할 수 없는 것이다.

"하지만 사범님 눈을 안 떼고 싶어도 몸이 안 돌아가……"

"네, 그건 근육이 아직 덜 발달하고 유연하지가 않아서 그런데요, 그 이유는……"

"노인이라서……?"

"아니 그렇다기보다는……."

"노회해서……?"

"아니라니까요! 생전 운동을 안 하고 사셨으니까요!"

"흑"

"자자, 벽 잡고 다리 옆으로 뻗었다가 뒤로 돌리는 거 연습하겠습니다."

이게 참 말이 쉽지, 한쪽 발로는 중심을 잘 잡고 있으면서도 상체를 아래로 숙이면서 나머지 다리를 뒤로 죽 올려 뻗으면서 다시 상체를 위로 올리는 동작을 하는 동안 몸을 회전해 딱 타깃을 보며 발차기를 한다는 게 쉬운 일은 아니지 않은가. 말하고 보니 말로도 쉽지가 않구나.

나는 과연 언제쯤 '회린이'에서 '회른이'로 성장할 수 있을까. 언제긴 언제인가. 몸통을 잘 회전해 타깃에 시선을 고정할 수 있을 때지. 회축이 그리는 그 역동적인 아름다운 몸 선에 감탄하고 나도 체현해보고 싶은 마음이 큰 나머지 정작 타깃이 없으면 성립하지 않는 이 동작의 존재 이유는 잊고, 그 탓에 결과적으로 잘하지 못하고 있었다. 생활체육은 현대인에게 즐거움과 건강을 안겨주기 위해 존재하고, 회축은 상대를 타격하기 위해 존재한다. 내게 글쓰기는 인생의 의미가 무엇인지 고민한 결과를 기록하기 위해 존재하고, 그 글은 인간이 특별한 성취를 이루지 않아도 가치 있는 존재라는 사실을 증명하기 위해 존재한다. 인간, 비인간 할 것 없이 모든 존재와 그 존재들의 행위에는 십중팔구 타깃(의미)이 있다는 것, 이렇게 회축을 연습하다가 다시 한번 깨닫게 되었다.

시간과 사람을 독점할 것

#핸드스프링

전날 사범님이 분명 장담하셨다. 내일이 금요일이지만 두 명이 출석한다고 했으니 걱정 말라고. 마침 주 3회 운동이라는 목표를 달성하지 못하기도 했던 탓에 비척비척 걸어서 도장에 도착했다.

불길했다. 한 명의 성인도 보이지 않았기 때문이다. 보통 정시에 도착하는 나와 달리 다른 수강생들은 10분 전에는 도착해 있곤 했다.

올지도 몰라.

아니야, 이럴 때 온 적이 거의 없잖아?

수 분간 내 안에서 첨예한 갈등이 이루어졌다.

토껴?

그러면 예전처럼 사범님의 분노를 유발하겠지.

그래도 도망가. 혼자서 쑥스러워서 어떻게 해?

그럼 주 2회 운동한 게 되는데?

과연 혼자서 사범님들과 운동하는 동안 얼굴이 새빨개지지 않을 수 있을까?

……어쩌면?

어쩌면?

응.

이런 마음이 들다니, 놀라웠지만 그래도 뭔가 상황을 개선하고 싶었다. 대안을 마련하자!

나는 마무리돼가는 청소년부 수업에 얼쩡거렸다. 마지막 대련을 끝낸 은수, 지수 자매에게 치근댔다. 운동이 끝나면 아이스크림을 먹고 싶어 하는 녀석들이지. 내가 주려는 건 수박바나 바밤바 따위가 아니야! 서른한 가지 맛을 자랑하는 그거 있잖아!

"9시 수업도 같이 들으면 어때요? 내가 배스킨 라빈스 사이즈

사줄게."

둘째 지수의 눈동자가 흔들렸다. 먹혔구먼, 먹혔어.

하지만 첫째 은수가 나섰다.

"아니에요. 저희 끝나면 엄마가 바로 오랬어요."

"운동을 더 하면 기특해하시지 않을까요? 아이스크림도 먹고."

고민하는 기색이 역력했지만 가정교육을 잘 받은 이 자매는 집에 가야 한다고 했다. 이런 착한 자식들 같으니라고. 정도만 걷는 무도인답구나. 그때 그 집 초2 막내가 왔다. 기회를 놓칠세라.

"나랑 9시 운동 같이 할래요? 배스킨 쏠게. 라지 사이즈."

앞에서 언니의 뜻을 이해한 둘째가 말했다.

"안 돼요. 저희는 이만 한 거 있어도 순식간에 다 먹는다고요."

"그럼 한 명당 라지 한 개!"

배를 뽈록 내미는 게 주특기인 막내는 눈동자를 빛내면서도 우물쭈물했다.

"어…… 그, 맞아요. 저희 라지 같은 건 진짜 금방 먹어요."

마침내 첫째가 나서서 정리했다.

"저희 진짜 가야 돼요."

'패밀리 사이즈라고 해야 했나? 라지보다 더 큰 게 패밀린가?'

제삼자 포섭에 그렇게 실패하고 결국 혼자서 두 사범님과 새로운 동작인 물구나무서기와 앞돌기를 연속 동작으로 연습하게 됐다. 내가 수석사범님의 코를 발로 빡 쳐서 피를 보게 했던 그 동작으로도 모자라 이번엔 앞돌기까지 이어서 해야 했다. 홍콩 액션 영화나 무협 영화를 보면 막 물구나무서기 자세로 바닥에 손도 안 짚고 앞으로 도는 그런 기술을 배우겠다는 거였다. 일명 물구나무서서 회전하기, 핸드스프링이었다.

허허, 이것 참. 오늘 어색하고 어렵고 참 좋겠네.

내 앞에 매트가 깔리고, 그 위에 초보자를 위한 짐볼이 놓였다. 물구나무를 선 다음 몸을 앞으로 돌려서 짐볼 위로 떨어져 짠 하고 서야 했다. 물구나무도 혼자 못 서는데 돌기까지!

얼굴이 새빨개지기까지는 얼마 걸리지 않았다. 다른 수련생들이 없으니 대기할 필요가 없이 돌고 나면 또다시 내 차례였다. 기다림의 미학이라곤 1도 없는 온 우주가 나를 중심으로 돌아가는 시간.

두 사범님은 내 자세의 문제가 무엇인지 샅샅이 분석해 이렇게 해봐라, 저렇게 해봐라 코칭을 해주셨다. 차석사범님은 물구나무서기 다음 이어서 옆돌기, 즉 물레방아돌기를 해보라고 했고, 수석사범님은 한쪽 발을 처음 뒤로 올려 찰 때 다른 쪽 발을 앞으로 높이 들어 올려야 한다고 코칭해주셨다. 그 도약의 힘으로 탄력을 받으면 다리를 뒤로 더 높이 올려 찰 수 있고, 그 탄력을 이어받아서 회전까지 할 수 있다는 것인데…….

그런 걸 내가 할 수 있을 리가 없잖아요.

하지만 시키는 대로 했다. 다른 쪽 발을 앞으로 높이 들어올리고, 물레방아도 돌려보고, 이렇게도 해보고 저렇게도 해보며 최대한 혼자 힘으로 물구나무를 서보려 했다. 기다림도 없이 쉼도 없이, 오로지 그 시간을 독점하며 하다 보니 뭔가 사범님들이 하라는 자세와 비슷하게 돼가는 걸 느낄 수 있었다. 비록 짐볼에 기대서이긴 하지만 회전해서 선 것이다. 때맞추어 들려오는 우렁찬 수석사범님의 목소리.

"그렇죠! 제희 님, 잘했어요."

그 뭐냐, 핸드스프링이라는 걸 비슷하게 지금 해낸 거야? 세상에, 허리도 안 아프네.

흥분한 나는 똘똘한 제자가 돼 사범님께 여쭈었다.

"물구나무를 선 다음에 더 빨리 돌면 더 잘되는 걸까요?"

"그렇죠! 그렇게 그다음을 생각하면서 하시는 겁니다."

생각을 하면서 운동하는 걸 너무나 독려하시는 사범님의 도움을 받아 다시 한번 물구나무를 서고 최대한 빨리 회전해보았고, 마지막엔 조금 더 그럴듯하게 착지할 수 있었다.

질문이 쏟아졌다.

"제희 님, 재밌죠?"

"아, 네. 그렇네요."

"혼자 하니까 더 좋죠? 애들은 한 번 더 하고 싶어서 난리예요."

"아, 네. 저한테 맞추어서 자세히 가르쳐주시니까 더 잘 이해돼요."

"그죠?"

헤헤헤. 헤헤헤. 얼굴이 빨개진 나는 부끄러운데 재밌고, 재밌는데 부끄러운 심정이 되었다. 오늘따라 다크 서클이 입술까지 내려온 사범님을 보자니 어쩐지 나의 흥분되는 이 마음을 더 꽁꽁 숨겨야 할 것 같아서 종료 후에 서둘러 체육관을 나왔다. 그래, 종일 힘들었을 텐데 마지막에 수강생 하나 가지고 집중 코칭하는 건 이래저래 더 힘들지도 몰라. 하지만 태어나서 한 번도 선생님을 독점해본 적이 없는 나는 체육관에 다니며 무려 두 명의 선생님을 독점하는 특급 과외를 받고, 뭔가 특급 칭찬을 받은 것만 같은 기분에 빠지고 말았네.

모르는 사람과는 식사도 같이 하지 못했던 어린 시절을 지나, 모르는 사람과 식사뿐 아니라 술도 마셔야 하는 사회생활을 20년쯤 하니, 이제 아직은 모른다고 해도 과장은 아닌 사범님들께 혼자서 과외도 받을 줄 아는 생활체육인이 되었다. 티브이 시청 대신 운동이 하고 싶다는 생경한 마음, 혼자서라도 받아보겠다는 그 생소한 의지가 40년의 관성을 무릅쓰게 하고야 말았다.

이 기분 좋은 낯섦이라니 정말 낯선걸. 때로는 나만을 위해 시간과 사람을 독점하는 것도 꽤 즐거운 일이었구나.

순간의 힘을 끌어올려볼 것

#기합

2021년 올림픽 때였다. 양궁 선수단의 막내 김제덕 선수가 선배들이 활을 쏘러 나갈 때마다 포효에 가까운 응원을 했다.

"코리아 파이팅!"

이 응원 소리에 힘입어 시청자들도 주먹을 불끈 쥐며 우리나라 선수들의 승리를 더욱 간절히 기원하게 되었다. 양궁뿐이랴. 세계적인 테니스 선수 마리아 샤라포바는 시합을 하는 중에 괴성을 지르는 것으로 유명하다. 어느 정도냐 하면 '사이렌 소리', '비행기 엔진 소리'에 비유될 정도다. 이소룡은 어떤가.

'아뵤오'가 트레이드마크가 되다시피 했을 만큼 그 기합은 이소룡이 이제 뭔가 보여주겠다는 신호에 가까웠다. 이 '아뵤오'를 빼놓고 이소룡을 말할 수 없다.

김제덕, 샤라포바, 이소룡이 그렇게 부담스러운 기합을 내지르는 까닭은 다 과학적인 동기에서 기인한다. 한 보고서에 따르면 운동 경기 중 높은 데시벨의 기합을 지르는 순간 운동력이 향상되는 것은 물론 상대 선수의 집중을 방해하는 효과까지 있는 것으로 밝혀졌다. 실제로 기합은 경기력 향상에 도움을 준다는 좀 더 구체적인 분석이 있다.

하와이 주립대학교의 한 심리학과 연구팀은 시합을 하는 중에 지르는 기합이 경기력 향상과 어떤 관계가 있는지 밝히기 위해 남녀 종합 격투기 선수 스무 명을 대상으로 실험을 했다. 연구팀은 발차기 힘을 측정할 수 있는 장치를 장착한 샌드백을 준비해서, 선수들에게 각기 다른 기합 소리를 내면서 몇 차례씩 차게 했다. 선수들이 샌드백을 차는 모습을 동영상으로 가까이에서 촬영해 또 다른 실험 대상이 되는 일반 대학생 스물두 명에게 보게 했다. 동영상에서 격투기 선수들이 발차기 하는 장면은 마치 시청자를 향해 차는 듯 보이게 위협적으로 촬영되었다.

스물두 명의 대학생은 각 선수들의 발차기하는 모습을 보면서 차는 위치가 위쪽인지 아래쪽인지 빠르게 판단해 컴퓨터 버튼을 누르게 했다. 발차기를 한 선수의 절반은 목소리로 기합을 질렀고, 나머지 절반은 소리 없이 조용히 찼다.

실험 결과는, 기합을 내지르면서 발차기를 한 경우 힘이 10퍼센트가량 더 강했으며, 시청한 대학생들도 발차기 위치를 판단하는 속도가 기합을 내지르며 하는 경우에 훨씬 느렸을 뿐 아니라 오답도 많이 냈다. 연구팀은 기합이 힘을 순간적으로 끌어올려주고, 상대 선수의 주의를 흩트리는 역할도 한다고 실험 결과를 설명했다.

기합의 효과가 이러하건만, 나는 여전히 도장에서 기합 소리를 전혀 내지 못하고 있다. 수석사범님과 이전 사범님, 그리고 새로운 사범님이 한결같이 지적하시는 것 가운데 하나가 바로 기합이다. 1동작 1기합이 원칙이다. 발을 찰 때도, 연결형 동작들을 할 때도 기합을 넣으라고, 그래야 더 잘된다고들 하신다.

기합 넣는 게 뭐 그리 어려운가 싶을 수도 있다. 어야, 하고 소리 한번 지르는 건 누구나 다 할 수 있겠지. 이게 꼭 그렇지는 않다. 성인 수강생들은 하나같이 내성적이라, 운동을 배울 때 모기 소리도 내지 않는다. 기껏 내는 소리라야 아이고, 으아아,

정도가 다다. 혹은 사범님께 "푸시업 열 개만 덜 하면 안 될까요" 같은 건의를 할 때의 목소리 정도랄까.

사정이 이렇다 보니 사범님들의 기합 소리와 지시하는 소리, 그렇죠 하는 칭찬 소리만이 체육관을 쩌렁쩌렁 울린다. 간혹 쌍미트나 사각백 매트 때리는 소리가 들리기도 하지만 대체로 그 밖의 소리는 없다. 수강생들만 놓고 보자면 그야말로 '고요한 체육관', '조용한 무도인들'이다.

그만두신 이전 사범님도 기합을 넣으라고 하다 하다 지쳐 포기하셨고 수석사범님도 얘네는 안 되겠다고 판단하셨는지 그만두셨지만, 새로운 사범님은 아니었다.

"기합을 넣으십시오."

"야."

"소리가 작습니다. 기합을 넣으세요!"

"야."

노력은 해보았다, 나도.

으야!

허야!

하야!

어이!

이런 소리를 우렁차게 내보고도 싶었다. 그러나 고작 모기 소리로 '야' 하고 몇 번 질러본 게 다다. 새로운 사범님은 포기를 모르셨다. 그러다 보니 다시 수석사범님도 재주문을 하기 시작하셨다.

"1동작 1기합입니다."

기합은 대체 어떤 원리로 운동력을 향상시키는 걸까. 심리적인 이유 말고 신체적인 이유가 있을 듯했다. 혹시 기합을 하는 순간 몸에 엄청난 변화가 생기는 건 아닐까.

기합의 말을 잘 살펴보면 기를 모은다는 뜻이 된다. "허야" 하고 기합을 내지르는 것을 기점으로 배꼽 아래 단전에 힘을 주면 잠시나마 온몸의 근육이 긴장하게 되고, 이때 순간적으로 강한 힘이 배출된다고 한다. 아드레날린이 분비돼 집중력이 높아지고, 기합을 지른 뒤에는 공격을 당하더라도 평소보다 느껴지는 충격이 덜하거나 실제로 펀치력이나 킥력이 강해진다고도 한다. 좀 더 일반화해보면 운동뉴런이 활성화돼 근육도 활성화시키고 근력이 향상돼 수비력과 공격력이 좋아진다는 뜻이다. 초보자일수록 배 전체에 힘을 주고 힘껏 소리를 지르는 방식으로 기합을 연습하고, 숙련자일수록 작고 낮은 기합만으로 효과를 낼 수 있는 게 바로 기합이라고 하니, 사범님들께서 왜 그렇게 강조하셨는지 알 법했다.

그래서 수기방어연결형을 복습하던 어느 날 나는 용기를 내 기합을 넣어보았다. 이때의 기합 소리는 "어이!"였다.

각각의 동작마다 기합이 들어가는 포인트는 두 번인데 첫 번째에는 동작명을 외치며, 두 번째는 다음 동작으로 넘어갈 때 추임새처럼 "어이!"라는 기합을 넣는다.

십자막기 어이!

양손막기 어이!

손날돌려막기 어이!

헤쳐막기 어이!

호랑이의 포효는 아니지만 새 소리 정도로나마 기합을 넣으니 연결이 좀 더 리드미컬해지기도 했고, 동작 하나하나가 정확하게 포인트를 찍는 느낌이 들었다. 습득에 리듬감과 정확도가 생긴다는 것은 꽤나 유용하고 재미가 있었다.

그러자 특공무술인이든 아니든, 체육인이든 아니든 저마다 제 인생의 기합 하나 정도는 갖추고 살아도 좋겠다는 생각이 들었다. 이 사회와 세상이 변화하는 속도는 내 삶의 속도보다 언제나 빠르니까, 나는 어떤 일에서는 숙련자일지라도 또 어떤 상황에서는 초보자일 수밖에 없기에 나만의 기합 소리 하나 정도는 장착한다면 퍽 도움이 될 듯하다. 인생의 어려운 상황을 만나서 해결해야 할 때, 크고 작게 긴장되는 순간에 처했을 때 그것이 내가 넘어서야 할 대상이라 여기고 나만의 기합을 넣어 보는 거다. 단전에 힘을 빡 주어 온몸의 근육을 긴장시키고, 그래서 공격력과 맷집을 키워본다면 분명 내 마음과 정신의 근력도 제법 활성화되지 않겠는가. 그 기합은 '아뵤오'일 수도, '어이'일 수도, '아아아악'이나 '파이팅'일 수도, 조그만 크기의 '야'일 수도 있겠지만, 부끄러워하지 않을 것. 그래서 순간의 힘을 끌어올려 무시로 다가오는 시련이나 역경에 잘 대응해볼 것.

오랜 친구를 귀애할 것

#대련 ④

    주말엔 주로 집에서 뒹굴고, 먹고, 드라마 정주행을 한다. 뭔가 지적인 활동도 해야 한다는 자각이 들 땐 책을 읽거나 이런저런 글을 쓰며 시간을 보내기도 한다. 과거에는 일을 한 보따리 싸 가지고 오거나, 집에 와서도 일 생각 하느라 회사 망령이 든 사람처럼 살기도 했지만 지금은 아니다. 지속 가능한 노동을 위해서는 일과 일상의 균형이 중요하단 걸 이제야 체득했다.

    평화로운 주말을 보내던 어느 날 느지막이 침대에서 일어나

무도인답게 가볍게 스트레칭을 하고 세수를 하고 화장을 했다. 모처럼 약속이 생긴 것. 준비 과정을 생각하면 약속이란 언제나 귀찮지만 만날 사람을 생각하면 결국 즐거운 일이 된다.

행선지는 친구 연희의 집이었다. 3주 전 여행을 떠났던 친구를 대신해 그 집에 머물며 2박 3일간 아침저녁으로 반려견 땅이를 보살폈는데, 그에 대한 보답으로 만찬을 준비하겠다는 것이었다. 내가 좋아하는 잡채를 만들어주겠다는 말에 아유, 무슨 그렇게 손이 많이 가는 음식을 하느냐고 만류했지만, 입꼬리는 왜 자꾸 올라갔는지 나는 모른다.

친구 집에 도착하니 온갖 맛있는 냄새가 꽈배기처럼 꼬여서 집 전체에 퍼져 있었다. 강아지 멕이고 수발 들어준 게 뭐라고 이런 엄청난 냄새를 안겨주는가. 잡채에, 마라샹궈에, 미나리전까지! 이에 질세라 나는 며칠 전 부산으로 일하러 갔다가 사온 탄산 막걸리를 짠 하고 꺼냈다. 애주가인 친구의 눈빛이 반짝 빛났다.

최상의 조합이었다. 너무너무 맛있어서 사춘기 소녀들처럼 감탄사를 난발하며 마시고 먹었다. 무엇 하나 입에 착착 안 감기는 게 없었다. 좋은 일 하면 복이 온다더니, 진짜였나 봐. 신이 난 우리와 달리 땅이는 낑낑대며 구석 자리에서 웅크리고 있었다. 친구 말로는 저렇게 구석에 들어가서 밤새 낑낑대기도 한다고 했다.

땡이는 올해 16.5세가 되어 노환이 빠른 속도로 진행되고 있었기에 식사부터 화장실까지 모두 수발을 들어줘야 할 형편이다. 친구가 큰마음 먹고 여행을 가려 했지만, 반려동물 호텔에서도 병원에서도 받아줄 수가 없는 상태였다. '베프'답게 나만 믿으라고 큰소리쳤다. 제법 반려동물을 사랑하는 인간 같지만, 사실은 동물과 작은 접촉도 잘 하지 않는 유형이다. 이 집에 올 때면 그 조그맣고 따뜻하고 복슬복슬한 몸과 축축한 혓바닥을 내밀며 내게 안겨오던 이 강아지를 피해온 세월이 십수 년이었다. 그랬건만 자꾸 보니 어느새 조금은 이놈이 귀여워 보이기도 하고, 턱을 내 허벅지에 대면 뭔가 마음이 따뜻해지는 듯한 느낌에 당황하기도 했다. 또 넘치는 에너지를 주체 못 하던 녀석이었는데, 이제는 할머니가 되어 제대로 듣지도 못하고, 먹지도 않으려 하고, 자꾸 기우뚱대고, 화장실도 못 가리고, 저렇게 끙끙대고만 있는 모습을 보자니 미래의 나를 보는 기분이라고 해야 할까. 이제 고작 16년 살았을 뿐인데 저렇게 노견이되다니, 마치 시간의 속도가 다섯 배는 빠른 조그맣고 동그란 세계가 돌멩이처럼 이 지구에 툭 떨어진 어느 날 친구가 그걸

주워 와 제 삶에 두고 소멸하지 않도록 보살펴온 느낌이었다.

이렇게 섬약하고 시간의 속도도 빠른 세계에 사는 존재를 내가 잘 보살필 수 있을지는 모르겠지만 이놈이 내 친구에게 얼마나 소중한지 아니까 어쩔 수 없었다. 또 친구도 한 번쯤은 여행을 신나게 떠났으면 좋겠고, 무엇보다 내가 어려움에 처할 때마다 늘 곁에 있어주었던 데에 조금이나마 보답할 기회니까 너무나 자연스러운 허세였다.

나만 믿으라니까.

다행히 이 할머니 개가 나와 함께하는 동안엔 밥도 잘 먹었고, 화장실도 뚝딱 치워드릴 수 있는 상태로 일을 봐주신 덕분에 엎드려 절하며 무사히 2박 3일을 보냈다.

찜찜한 마음에 한 가지는 실토했다. 네가 없는 동안 나는 떡볶이와 순대를 사 먹었는데, 순대 하나를 땡이에게 주었다고. 친구는 간은 허락했지만 순대는 안 된다고 했으나, 도통 뭘 먹으려 들지 않아 순대로 유인할 수밖에 없었다고 구구하고 절절하게 변명했다. 2초간의 침묵 뒤에 친구는 자애로운 표정으로 괜찮다고 말해주었다. 역시 "땡아, 어차피 넌 백 살까지 살지도 못하는데 맛있는 거나 먹고 죽자"고 말하며 멕인 건 실토하지 않길 잘했다. 친구도 여행지에서 있었던 좌충우돌하고 유쾌하고 불편했던 이야기를 잔뜩 들려주었다.

그렇게 토요일 저녁이 가고 있었다. 당연히 운동 이야기를 빼놓을 수 없었다. 나는 이제 김종국을 이해하는 사람이니까.

"어제도 운동했어?"

"당연하지. 불금이잖아. 이 한 몸 불태우기 딱 좋다."

"뭐 배웠는데?"

"대련했지."

"대련?"

"응. 어젠 밑에 깔려서 얻어맞거나 목 졸리고 있을 때 빠져나오는 법을 배웠어."

"아니 그런 것도 배워?"

"내가 가르쳐달랬어. 보여줄까? 아주 쉬운 거야. 너도 배워봐."

"알았어."

그렇게 해서 나는 바닥에 누웠고, 친구는 내 위에 올라왔다. 속 썩이는 배우자나 자식도 없이 자유롭고도 때로는 고적한 주말을 보내는 두 여자가 범상치 않은 자세를 취했다. 친구에게 내 목을 조르는 시늉을 해보라고 했다. 원리는 아주 간단했다. 내가 다리와 배를 툭 팅기듯 가볍게 쳐 올리기만 해도 상대의 균형이 무너져 빠져나올 틈이 생긴다는 것이다. 이래 봬도 나보다 체격이 훨씬 좋은 사범님을 상대로도 성공한 몸이었다. 친구의 몸은 나보다는 크지만 사범님하곤 비교도 안 될 만큼 후리후리했다. 이쯤이야 체급 문제로 고전할 일도 없지. 확실히 그러리라 믿어 의심치 않았는데, 툭 올려쳐도 친구의 균형이 무너지기는커녕 더욱 내 목을 강하게 누르는 형국이 되었다. 아니 그럼 어제 사범님 할리우드 액션 한 거야? 또?

켁켁대는 나를 보며 친구는 깔깔 웃었다.

"제대로 배운 거 맞아? 쯧쯧"

아, 이상하네. 이상해. 정말 이상하네. 사범님 맨날 그렇게 할리우드 액션 할 거야?

다시 해보고도 싶었지만 계속 켁켁대야 했으므로 포기했다. 대신 강아지에게 기어갔다. 녀석의 밥때가 지나 있었다. 땡아, 밥 먹자. 순대를 주고 싶지만 네 반려인이 두 눈 똑바로 뜨고 있구나. 심지어 내 목도 조르고 말이다.

땡이는 기운 없이 엎드려 있었고, 어느새 친구는 우리 쪽을 보며 이 녀석의 밥을 준비하고 있었다.

소중했다.

내 오랜 친구도. 이 강아지와 16년을 살며 친구가 느꼈을 위로와 사랑과 기쁨과 감격도, 그것을 옆에서 지켜보며 종종 흐뭇해하던 내 마음도, 그리고 애써 저녁을 준비했을 친구의 마음도. 그러니까, 때로 포악해지기도 하는 인생이 내 위로 올라와 제 무게를 자랑하며 무식하게 공격해와도 반드시 빠져나와 너희와 이렇게 밥을 먹으러 올게.

부끄러움을 자초할 것

#승급 시험

체육관 도복을 입고 가장 마지막으로 매만지는 곳은 허리띠다. 아무리 뛰고 굴러도 풀리지 않는 방법으로 잘 둘러서 묶으면 복장 준비는 마무리. 훈련받는 중에도 수시로 뒤돌아 도복의 매무새를 가다듬는데, 그때도 그 허리띠를 중심으로 위아래를 잘 매만지곤 한다. 거의 비슷한 시기에 운동을 시작한 다현 님과 내 허리에는 순수함의 상징, 하얀 띠가 둘려 있다. 하수 중의 하수란 뜻이다.

모처럼 주 4회 운동을 마친 주간, 몸살이 날 것 같은 조짐을 느끼며 금요일은 쉬어야겠다 생각했는데 사범님께서 승급 심사가 있으니 금요일에 빠지지 말라고 하셨다. 말하자면, 입문하면서 매던 그 흰 띠를 떠나 이제 노란 띠를 따라는 것이었다. 모처럼 출석한 성인부 전원 사이에 침묵이 흘렀다. 나는 슬슬 눈치를 보았다. 누구라도 나오실 건가요? 역시 모두 사범님들의 시선을 피했다. 원래의 나였다면 누구보다 열심히 시선을 피해야 했으나, 고민했다. 노란 띠를 따봐?

신기한 일이었다. 운동을 시작할 때만 해도 그냥 적당히 체력 단련이나 하고 몇 가지 호신술 정도나 배울 줄 알았지, 이렇게 시험씩이나 볼 생각은 전혀 없었다.

더욱이 흰 띠에서 노란 띠 딴다고 누가 '너 참 장하구나' 알아주는 것도 아니고, 어디 나가서 자랑할 데도 없고, 장학금이 나오는 것도 아니고, 말하자면 실질적인 이득은 전혀 없다. 자기만족이 있을 뿐. 어머, 나 중년에 이르러 운동 시작했는데, 신체 능력은 청년 못지않아서 자꾸 승급하네, 이런 만족? 아니다. 그냥 운동이 재미있고 되도록 오랫동안 하고 싶으니까, 그러자면 중간중간 어떤 결과를 내는 편이 좋을 것 같은데 그걸 내가 해내면 만족감이 크겠네, 그것이다. 순수하게 좋아한다는 건 그토록 싫어하던 운동과 시험의 조합도 자처해 하는 것이었다!

누가 알겠는가. 생각보다 잘해서 나 자신과 사범님들을 놀랠지. 당당히 노란 띠를 따서 강직한 매듭으로 허리에 동여매고 소셜 미디어에 기념사진도 남기리라.

다행히도 그날 출석한 사람은 나 외에도 다현 님이 있었고, 우리는 평소보다 30분이나 일찍 와서 그간 배웠던 것들을 복습했다. 기본형부터 호신술, 낙법까지 죽 훑었지만 징조는 아주 좋지 않았다. 머릿속이 자꾸 내 띠 색깔처럼 하얘졌기 때문이다.

마침내 시간이 되어 우리 두 사람은 두 사범님 앞에 서서 주문하시는 동작을 해내야 했는데, 머릿속은 이제 하얘지다 못해 투명해지고, 뭐 대수롭게 움직이지도 않는데 등과 겨드랑이에서는 땀이 콸콸 쏟아지고, 별수 없이 나는 지금 왜 이 부끄러움을 자초하고 있는가 자괴감이 들고, 사범님들은 우리 두 사람 때문에 자꾸 하늘을 보면서 한숨을 쉬셨다.

별수 없다고 생각했는지, 차석사범님이 보일 듯 말 듯하게 우리가 커닝을 할 수 있도록 조그만 손짓발짓을 해주셨다. 수석사범님도 이들이 이대로 낙오하면 영영 그만두리라 생각했는지 기초의 기초적인 것만을 문제로 내시고 그걸로도 부족해 구두로 자꾸 힌트를 주셨다. 이건 정말 엄청난 거였다. 그간 봐온 사범님들은 학생들에겐 국물도 없으시기 때문이었다. 결국 우리는 그렇게 찜찜한 과정을 거쳐 노란 띠를 허리에 매게 되었다. 기쁨은커녕 참혹함을 느끼던 귀갓길에서 두 사람은 다시는 승급 시험 따위 보지 말자고 마치 빨간머리 앤과 다이애나라도 된 것처럼 진지한 우정의 서약을 맺었다.

체력 단련만 해도 좋잖아요?

꼭 형, 호신술, 낙법 이런 거 다 잘할 필요 없잖아요?

그러니까 우리는 취미로 운동하는 거잖아요?

이런 대화가 길어질수록 두 사람 다 기왕 보는 시험 어느 정도는 해내고 싶었으나 그러지 못했다는 사실만 선명해질 뿐이었다. 그건 아마도 운동하는 이의 발전 정도가 띠 색깔로 분명하게 구분돼 있어서 그런 듯했다. 우리가 속한 협회의 특공무술은 흰 띠 다음엔 노란 띠, 노란 띠 다음엔 주황 띠, 주황 띠 다음엔 초록 띠…… 그러다가 빨간 띠와 검정 띠 이런 식으로 무려 9단계로 걸쳐 승급하도록 설계돼 있다. 마치 초등학교 다음엔 중학교, 중학교 다음엔 고등학교에 진학하듯이 말이다.

그러고 보면 학제 역시 이 승급 과정과 성격이 아주 유사하지 않은가. 고등학교까지는 어지간하면 입학과 졸업을 할 수 있듯이 검정 띠 전인 빨간 띠까지도 그렇다. 여기까지는 온실

속 화초처럼 우리 도장의 사범님들이 심사를 보기에 유연하게 심사를 진행해주신다면 약간 부족한 사람도 승급할 수 있지만, 검정 띠 1단부터는 아니다. 마치 그 학교의 기준을 총족해야 하는 대입 시험을 치르듯 울타리 밖 협회의 타 사범님들께 심사를 받아야 하기 때문이다. 거기서 끝이라면 다행이게. 검정 띠를 딴 다음에 2단 3단, 9단까지가 기다린다. 대학을 졸업하면 사회생활과 결혼 따위가 기다리고 있듯이 말이다.

학위를 가지고 좋은 기업에 취직하거나 창업을 하고, 결혼하고, 집을 사고, 아이를 낳고, 또 재산을 불려 자녀에게 넉넉한 유산을 넘겨주는 것. 이 인생의 흐름 역시 우리 사회가 설계한 승단 절차라고 봐도 아주 틀린 말은 아닐 것이다. 물론 어떤 뛰어난 이들은 중학교나 고등학교 이후 대학 교육 없이도 검정 띠 5단 6단, 9단에 버금가는 성과를 내기도 하지만 대다수 평범한 이는 단계별로 과정을 밟을 수밖에 없다. 사람 사는 모양이 다양한 듯해도 큰 틀에서 보면 여기에서 크게 벗어나지를 않기에 그렇게들 아웅다웅 사는 듯하다.

다만 또 자세히 들여다보면 역시 조금씩은 다르다. 나만 해도 그렇다. 한 단계 한 단계 과정을 밟아 사회인이 되었지만 안정적인 기업에 취직하거나 사내 승진을 위해 노력하거나 혹은 획기적인 발상으로 기업가가 돼 경제적 부를 이루지는 못했다. 그만그만한 회사에 취직해서 입에 풀칠이나 하고 살았다. 안락한 가정을 이루어 자녀를 낳아 그들에게 더 좋은 것을 물려주기 위해 애쓰는 것, 그것 역시 내 삶엔 없다. 그저 내가 할 수 있고, 하고 싶은 일을 하며 살다 보니 오늘에 이르렀다. 그런데도 나는 내 인생이 점점 나아지고 있다고, 특공무술식으로 말하자면 승급하고 있다고 느꼈다. 20대를 생각하면 30대가, 30대를 생각하면 40대가 좀 더 낫다고 느낀다.

무엇이 나아졌을까. 우선 나를 둘러싼 물리적 환경이 나아졌다. 반지하와 옥탑, 노후된 다가구 주택 등에서 한두 명의 룸메이트와 살던 시절을 지나, 엘리베이터가 있는 원룸과 오피스텔에서 혼자 여유롭게 살던 시절을 지나, 지금은 엘리베이터뿐 아니라 시시티브이도 여기저기 달린 고층 건물에서 산다. 누군가에게는 이 정도가 너무 부족해 보일지 몰라도 나는 꽤나 만족하며 지내고 있다.

무엇보다 내적 환경이 많이 변했다. 자신을 알아가고, 나에 맞추어 생활환경을 일구어가고, 나 자신을 받아들이면서 점차 마음의 평안을 얻고 있다. 과거에 나는 20대를 오직 자신이 누구인지 알아가는 데 온 시간을 다 썼다고 말할 정도로 내가 어떤 사람인지 잘 몰랐지만, 지금은 전보다는 훨씬 발전했다. 나는 규칙적인 생활을 추구하지만 예외성이 돋보이는 창작물을 좋아하고, 무디지만 예민하고, 완벽을 추구하지만 허술하다. 한편으로 무욕적이지만 다른 한편으로 탐욕스러운 모순덩어리이며, 일관성을 추구하면서도 예측 불허에 끌리기도 해서 때로는 변칙적인 선택을 하기도 한다. 지금의 내가 딱 그렇다. 학창 시절 내내 체육 시간만 되면 그렇게도 스트레스를 받던 사람은 어디 가고 난데없이 40대에 특공무술을, 그것도 지나치게 열심히 배우는 인간이 돼 심지어 시험 따위를 보겠다고 생각하고 있다. 내가 삶의 단계별로 승급해왔다면 아마도 이런 모순적인 면모를 알고 이해하게 된 덕분 아닐까.

그러므로 만약 내 인생을 스스로 심사한다면, 사범님들이 비록 하늘을 보며 한숨을 쉴 정도의 실력이었지만 지속 가능한 운동 생활을 독려하는 차원에서 우리에게 노란 띠를 주셨듯이 내 인생에도 노란 띠, 아니 어쩌면 빨간 띠 정도는 줄 듯하다. 평범하지만 한결같아, 인생의 많은 측면에서 미숙하지만 발전하고는 있어, 어설프면서도 때로는 정확해, 진지한데 웃겨, 이런 유의 평가를 내리면서 말이다. 무엇보다 창피함을 자초할 만큼 순수하게 좋아하는 일을 하고 있다니, 박수치면서 "합격"

이라고 말해주고 싶다. 나와 같은 모든 보통의 사람들이 인생의 단계마다 저도 모르고 치르는 승급 시험에서 우리 사범님들처럼 자신에게 자비를 베풀길 바란다.

완전 행복해져볼 것

#러닝 ❶

    지난달부터 예고되었다. 11월부터는 인근 천변을 2킬로 달리겠다고. 그때는 9시 성인부와 8시 청소년부가 함께하기 때문에 8시 30분에 모인다고.

    오, 달리기!

    내가 정말 꼬꼬마 시절부터 체육 시간을 끔찍하게 싫어했던 이유 중 가장 큰 자리를 차지하는 그것. 그것도 2킬로나? 어느새 어엿한 생활체육인이 된 나는 뜻밖에도 싫지 않았다. 초겨울이 되고 운동 후 집에 갈 때면 땀이 맺힌 목덜미를 스치는 찬

바람이 몹시 상쾌했기 때문에 그 바람을 맞으며 달리면 또 얼마나 상쾌할까 싶었다. 게다가 학생 때처럼 빨리 달려서 몇 초안에 들어와야 하는 것도 아니고, 그냥 달리기만 하면 되니 이젠 싫을 게 하나도 없어진 셈이다. 도장에 다니고 있을 뿐인데 어쩐지 달리기 동호회 모임에 든 것 같은 아주 색다른 기분이 들었다.

운동화 끈을 조여매고, 편안한 저지 소재의 하의를 입고 신나게 도장에 갔다. 이미 세 명의 성인과 다수의 청소년이 출석한 상태였다. 수석사범님은 이상적인 달리기 자세를 설명해주신 뒤 가볍게 몸 풀기 운동을 시켰다. 그러곤 조를 편성했다. '잘뛰조'와 '못뛰조'로. 도장에 다닌 지 어언 8개월 차가 된 데다 이상하리만치 달리기 수업이 좋기만 한 나이므로 잘뛰조에 가야 마땅하건만, 사범님은 당연하다는 듯 못뛰조로 나를 보냈다.

성인부는 전원 못뛰조였고, 청소년부의 일부도 못뛰조로 편성되었다. 예의 그 은수와 지수 자매가 못뛰조의 일원이었다. 그간 성인부의 다현 님과 이 자매가 부쩍 친해진 덕분에 우리 조의 분위기는 훈훈함 그 자체였다. 서로 대충 뛰자며 덕담을 나누기도 했다. 자매 중 동생인 지수가 내게로 왔다. 나는 지수에게 주접을 한번 떨며 친목을 도모하기로 했다.

"우리가 같은 조라니 짱 좋아."

짧은 엄지를 들어 올리자, 지수가 빵 터졌다. 짱 좋대. 짱이 래. 하하하하. 역시 애들은 아재 개그에 관대하다더니, 사랑스 럽다, 사랑스러워. 덕분인지 지수는 천변으로 걸어가는 동안 부쩍 내게 친근감을 보였다. 팔짱을 끼는가 싶더니 손을 잡으 며 이런저런 이야기를 쏟아냈다. 자신이 예체능은 다 잘하는데 영어가 재미없어서 큰일이다, 국어랑 수학은 보통이다, 사회는 잘하고 있다. 곧 이사를 가는데 무척 아쉽다(그랬다, 이 자매는 다 른 지역으로 다음 달에 이사를 가게 되었다). 나도 모처럼 지수와의 대화가 즐거워서 최대한 큰 반응을 보였다. 영어는 원래 재미 없지 누가 재밌대? 국어랑 수학을 보통씩이나 해? 대박.

마침내 천변에 도착한 우리 못뛰조가 먼저 달리기 시작했 다. 지수는 뛰면서도 내 손을 놓지 않았다. 이것 참 마음이 따스 하고도 어색하군. 우리 우정이 이렇게나 끈끈했구나. 근데 지 수야, 그거 알고 있니? 니네 엄마 나이 말해주었을 때 놀랐어. 나랑 동갑이더라. 차마 동갑이라고 말 못 했어. 왜냐면 우린 친 구니까. 내가 몇 살인지 알 길 없는 지수는 마치 나와 절친한 사 이라도 되는 양 절대 손을 놓지 않았다. 사범님이 뒤에서 쫓아 오며 그렇게 달리면 안 된다고 말해도 듣지 않았다. 아니 짱 좋아가 그렇게 짱 좋았어?

그 옆에는 지수의 동생이 지수의 손을 잡고 있었다. 우리 셋은 절대 헤어질 수 없는 영혼의 친구처럼 그렇게 2킬로를 달리고야 말았다. 이렇게 해서 과연 운동이 되겠냐 싶은 속도와 자세로 달렸지만, 그래서 제대로 달려보고 싶었던 내 의욕은 성취되지 못했지만, 이건 또 이것대로 즐거워서 나는 도장에 도착할 무렵 기분 좋게 작별 인사를 하려고 했다. 그랬는데?

뒤에서 오던 은수와 다현 님이 같이 아이스크림을 먹으러 가자는 제안을 해왔다. 아이스크림으로 시작된 러닝 뒤풀이 제안은 로제떡볶이를 먹자는 합의로까지 이어졌고, 그렇다면 로제떡볶이를 주문하는 동안 요 앞에 있는 가게에 가서 아이스크림과 과자를 사 오자로까지 판이 커졌다.

나는 단호하게 말했다.

"자, 그렇다면 이제 엄마에게 허락받고 오세요."

이들은 도장 옆 건물에 살고 있었다. 시간이 무려 밤 9시 반이 넘었기 때문에 납치하듯 이들을 데리고 다닐 순 없는 노릇이었다. 그들은 엄마의 반대라는 난관에 부딪혔으니 아이스크림과 떡볶이에 대한 열정은 어마어마해서 자매는 결코 포기하지 않았다. 다시, 다시, 다시 조르고 졸라서 마침내 허락을 받아냈다. 그러곤 우리와 파자마 파티 기분을 내기 시작했다. 은수와 다현 님이 배달 앱으로 떡볶이를 주문하는 동안 지수와 그 집 막내와 나는 아이스크림을 골랐다. 아이들은 참 바르게 자라고 있었다. 이것저것 다 먹고 싶은데도 그 욕심을 자제하느라 애쓰고 용쓰고 아주 난리도 아니었다. 먹고 싶은 대로 다 고르라고 말해도 최소한의 것만 주문하기 위해 갖은 애를 썼다.

"나 돈 벌잖아요. 회사 다니거든요."

"와, 회사 다녀요?"

"그럼. 돈 많이 벌지. 빨리 먹고 싶은 거 다 가져와요."

"아니에요."

"오다리도 세 봉지 사자. 한 봉지씩 먹으면 딱이네."

"안 돼요. 한 봉지로 나눠 먹을 거예요."

"헐. 나 곧 있으면 월급 받거든요. 기회를 놓치네."

"진짜요?"

"당연하지. 엄마 아빠 것까지 포함해서 한 사람당 세 개씩 먹을 거 골라요."

다 사자, 안 된다, 이런 실랑이를 제법 오래 한 끝에 한 사람당 두 개로 합의를 보았고, 그들은 입에 아이스크림을 하나씩 물고 곧 떡볶이가 배달될 곳으로 가며 아주 신이 나 있었다.

지수가 말했다.

"저 정말 행복해요."

나는 그 말이 너무나 놀라워서 웃음을 참았다.

"진짜?"

"네. 최근에 오늘처럼 행복한 날이 없었어요. 아이스크림 진짜 좋아해서 하루에 열 개도 먹을 수 있거든요."

"그럼 열 개를 사지 그랬어요."

"안 돼요. 너무 비싸요."

초등학생이 이렇게 소박하고 소탈했나? 요즘 아이들이 아파트 평수 따진다는 살벌한 이야기만 듣다가 지수를 보니 신인류를 만난 듯했다. 어쩌자고 이렇게 올바를까? 어쩜 이런 거에 이 정도로 행복해할 수 있을까.

나는 지수만 할 때 어땠지? 기억이 나지 않았지만 적어도 지수 같지는 않았다. 사춘기가 빨리 와서 비련의 주인공 놀이를 꽤나 많이 하다가 담임선생님께 불려가 상담을 받은 추억이 새록새록 떠올랐다.

"정말 행복해요?"

"네, 진짜요. 감사해요."

"와, 그럼 이사 가기 전에 또 아이스크림 사줄게요. 나는 회사 다니니까."

"아, 아니에요."

하하하. 그런데 왜 웃어?

"12월 둘째 주에 또 이렇게 먹을 거니까 엄마한테 미리 허락 받아요. 작별 파티라고."

"와, 완전 행복해요."

완전? 진짜?

"나도 완전 행복해."

떡볶이를 먹으면서 자매들은 자신들의 MBTI가 무엇인지 이야기해주고, 사범님들 중에 누가 더 좋은지 고백하고, 언제 사람과 친하다는 기분이 느끼는지도 말했다. 흥미로웠던 점은 첫째 은수의 말이었다. 그들의 어머니가 말씀하시길, 하나님은 기도하면 다 들어준다고, 그러니 자신들이 이사해도 우리가 꼭 다시 만나면 좋겠다고, 문자 하고 전화해도 되느냐고 물었다. 나는 우선 문자랑 전화하는 건 당연히 좋다고 말했다. 그다음엔 갈등했다. 하나님이 다 들어준다는 건 사실 뻥이야, 이렇게 말해야 했기 때문인데, 특공무술인의 인내심으로 자제하며 대답했다. 생각하기에 따라 이루어진다고 믿을 수도 있겠네요. 간절히 바라면 노력하게 되고 그러면 이뤄질 확률이 높으니까요. 그러면 역시 믿음은 바라는 것들의 실상이고, 꿈은 이뤄지 겠네요.

아이들이 그렇게 행복해하는데 거짓말 좀 한들 어떻단 말인 가. 못 달리는 조에 들어가도 즐거울 수 있고, 값싼 아이스크림 과 분식에도 이렇게 기쁘고 흐뭇할 수 있다니, 비록 이들과의 인연이 잠시였대도 말해주고 싶었다.

나도 완전 행복해.

이렇게 사사로운 것으로도 풍요로운 기분을 느끼는 날도 있 는 삶이니, 비록 기도한다고 모든 게 다 이뤄지지는 않겠지만, 꿈이 실현된 것만큼이나 행복해.

새로운 정체성을 구축할 것

#윗몸일으키기

몇 해 전, 신문 칼럼 하나가 제법 이슈가 된 적이 있다. 추석 무렵에 경향신문에 실린 글이었다. 제목은 「"추석이란 무엇인가" 되물어라」. 제목만 보면 별 재미가 느껴지지 않지만, 글과 함께 읽으면 그렇지 않다. 이 칼럼은 말하자면 추석이랍시고 만나 시대착오적인 질문으로 스트레스 주는 일가친지에게 아주 근본적인 질문을 되돌려주어 각자 새 시대에 맞는 정체성을 고민해보란, 퍽 심오한 취지가 담긴 글이다. 가령, "결혼은 언제 할 거니"라고 물으면 "결혼이란 무엇인가요?", "자식은 언제 낳을 거냐?"라고 묻는다면 "후손이란 무엇일까요?", "취업은 됐니?"라는 질문엔 "직업이란 무엇인가요?"라고 되물어보라는 거다. 정말 이렇게 되묻는다면 처음 질문을 던졌던 사람이 얼마나 당황스럽겠는가마는, 요즘의 명절이란 그런 질문을 주고받는 자리가 아니라는 사실을 날카롭게 지적하면서도 유머러스하게 일갈해주어서였는지 여기저기서 회자되었다. 나는 지금도 풍자 글 하면 그 칼럼이 떠오르는데, 그런 의미에서 자문자답해보았다.

운동은 하고 있니?

운동이란 무엇일까요? 숨 쉬기 운동?

체력은 좀 강해졌고?

체력이란 무엇일까요? 차력의 사촌?

구시대의 내 몸이었다면 그렇게 말했겠지만 새 시대를 맞이한 나의 이 몸은 다르다. 과거의 나로 말할 것 같으면 많은 현대인이 그렇듯 체력과 근력이 아주 바닥을 치는 인간이었다. 출근하는 모습은 영락없이 좀비 같고, 10분만 걸어도 헉헉댔다. 대세에 충실한 현대인이었다고나 할까. 물론 나는 더 이상 그런 추세를 좇는 인간이 아니게 되었다.

운동 시작하고 반년 가까이 되었을 때쯤이었다. 체력 단련

시간에 혼자서 양손으로 복숭아뼈를 찍어가며 윗몸일으키기를 하는데 내 몸이 너무나 탄력 있게 열 개를 거뜬하게 하고, 스무 개도 하고 서른 개까지 하는 게 아닌가. 서른 개를 마친 후 헉헉대고 있었더니 사범님이 말씀하셨다.

"아– 제희 님, 진짜 체력 엄청 좋아졌는데요!"

그, 그죠 사범님? 제가 방금 흡사 윗몸일으키기 기계 같았죠?

어디 그뿐이랴. 팔굽혀펴기도 무릎을 대지 않은 채 아주 간신히이긴 하지만 스무 개까지 했다. 도장에 처음 발을 디뎠던 날, 단 한 개도 제대로 하지 못했던 내 팔뚝아. 그동안 무슨 일이 있었던 거니! 어쩌다 헐크가 된 거니? 기분 탓인지 몰라도 복근도 생긴 것 같아서 시도 때도 없이 이 사람 저 사람에게 배를 눌러보라며 추태를 부렸다.

"어때요? 나 복근 생긴 것 같지 않아요?"

동료 하나는 눈을 동그랗게 뜨고 말했다.

"와, 1단 정도는 생겼겠는데요?"

"진짜요? 진짜예요?"

"네!"

물론 그 동료가 타인에게 싫은 소리를 거의 못하는 선한 사람이라는 사실은 어서 잊었다. 그러곤 뭔가 내 몸이 내 몸이 아닌 듯한 이상한 기분에 휩싸였다. 장난 아니네, 장난 아니야. 나 이러다 보디 프로필 사진 찍겠다고 하겠네. 신체 변화에 신이 난 나는 사범님이 요구하는 수준의 상하복근 운동, 팔굽혀펴기, 스쿼트, 버피점프, 플랭크 자세 등을 열심히 해내고 있다.

운동을 취미 이상으로 열심히 하거나 직업적으로 하는 분들에게는 이런 변화가 코웃음이 나올 수준의 결과겠으나 수십 년을 신생아 수준의 체력으로 살아온 나 같은 인간, 특히 성인이 돼서는 카페인으로 간신히 맨 정신을 유지하다 거북목이 돼서 하루하루를 버텨온 인간에게는 대변혁처럼 느껴진다.

무슨 일이든 꾸준히 성실하게 하면 좋은 결과를 얻는다는 그 말은, 특별히 실천하며 살지 않았기에 부인하고 싶었지만 사실이었다. 봄이 되면 꽃이 피고, 여름이 되면 곡식이 무르익으며, 가을이면 과실이 영글고, 겨울이 오면 눈이 온다는 그 자명해서 무감하게 다가와 진실 여부를 확인할 필요도 없는 사실처럼, 꾸준히 성실하게 하다 보니 꽤 괜찮은 결과가 성큼 다가와 있었다. 그 꾸준히, 성실히라는 게 대개 우리의 짐작이나 체감보다 긴 시간을 요하기 때문에 인내하지 못할 따름인데, 3개월이 지나고 6개월이 되자 실감했다. 진짜 그냥 계속 하면 되는 거구나. 내가 이 사실에 유난히 크게 감동한 이유는 '체력이야 조금은 나아지겠지' 정도의 바람으로 기계적으로 다녔기 때문인데, 어느 순간에 나는 아주아주 놀라서 더욱 열심히 사범님의 주문에 임했다. 플랭크 2분! 예썰. 버피점프 30개! 와이 낫? 스쿼트 100개! 오브 코스. 윗몸일으키기 50개! 노 프로블럼.

그러곤 다시 질문하고 답해보는 것이다.

생활체육이란 무엇인가?

또 다른 나를 발견하도록 독려해주는 힘이다.

수년째 열풍이 식지 않고 있는 성격 유형 테스트 MBTI가 내가 어떤 성격의 사람인지 타인에게 수월하게 설명하는 데에 도움이 되는 반면 자신을 그 안에 가두어 단순화하는 한계가 생기듯, 많은 사람이 '나는 이런저런 사람'이라는 생각이 강해져 자신이 규정한 그 범주에서 벗어나지 못한다. 특히 관성대로 살아온 중년 이상이라면 더욱 그렇다. 얼마나 확고한지 신념으로 보일 지경이다. 가령 나는 내향적이고 내성적이므로 대중 앞에는 나서지 못하는 사람, 몸으로 하는 활동에 재능이 일절 없으므로 운동을 해도 발전을 이루지 못할 사람이라고 생각했다.

물론 이런 생각도 아주 틀리지는 않았다. 내성적이면 당연히 어디 나서는 게 어렵지. 운동 감각이 뒤처지면 당연히 그쪽으로 진로를 잡는 건 현명하지 않겠지. 그러나 그것을 아주 불가능하게 여기는 것과 자신을 객관적으로 파악하는 건 다른 문제다. 사람은 상황과 필요에 따라 어느 정도로는 자신을 변화시킬 수 있는 다면적이고 다변적인 존재다. 내향적이어도 대중의 이목을 집중시킬 수 있는 호소력을 발휘하기도 하며, 운동능력이 뒤처져도 꾸준히 하면 어느 정도 발전할 수 있다. 무엇보다 그러한 다면성과 다변성을 즐길 수 있다.

다행히도 특공무술이라는 생활체육을 하면서 나는 스스로를 규정지었던 틀이 얼마나 힘세게 나를 붙들고 있었는지 새삼 깨달았다. 그리고 죽는 순간까지 변화를 도모해보겠다는, 그런 새로운 정체성을 구축하는 중이다.

몸으로 보여줄 것

#앞차기와 옆차기

내가 특공무술을 배우기로 했다고 친구들에게 말했을 때 솔직히 조금 놀랐다. 뜻밖으로 그들이 환호해주었기 때문이다. 그걸로도 모자라 자신들도 하고 싶다고, 심지어 잘할 수 있다고 호언장담할 줄이야. 이 사람들, 알고 보니 다들 그렇게 체육혼을 불태우고 싶었던 거구나. 가장 의외였던 친구는 민이었다. 오래전 애들은 '싸우면서 큰다'를 몸소 보이며 친구가 된 내 고교 동창이다.

우리가 17세인 시절에 있었던 그날의 일을 민은 잊을 만하면 한 번씩 말한다. 나는 다른 지역에서 진학해온 탓에 친구 하나 없었기에 야간자율학습이 끝나고 슬렁슬렁 짐을 쌌다. 도보 5분 거리에 있는 자취방으로 누구보다 빠르게 귀가할 수 있었지만, 고교생에게 자취방 따위 하나도 매력이 없었던 모양이다. 그야말로 슬렁슬렁이었다. 교실 안은 적막했다. 조용한 녀석들인 민과 그의 친구만 남아 있었다.

가방 정리를 대충 마쳤을 즈음이었다. 갑자기 민의 목소리가 커졌다. 기간제로 오신 영어 선생님을 제 친구에게 살벌하게 비판하는 거였다. 당시 나는 그 영어 선생님의 팝송으로 영어 배우기 방식을 좋아했다. 노래 부르기를 즐겼기 때문인데, 정확한 문법에 준한 산문 독해형 방식을 선호했던 민의 취향에 거슬렸던 모양이다.

다른 분단에 앉아 있던 나는 듣다 못해 한마디 했다.

"나는 좋기만 하던데 넌 무슨 소릴 그렇게 심하게 하냐, 인마?"

귀족의 영혼을 지닌 민은 그때 누가 감히 자신에게 '인마'라고 하나 싶어서 황당했다고 한다. 나는 그저 당시 읽고 있던 만화책 주인공이 쓰던 그 말을 현실에서도 써보고 싶었을 따름이었지만, 결국 그 '인마' 때문에 설전이 펼쳐졌고 그 뒤로 친해졌다(고 한다). 어떻게 친해졌는지 나는 기억이 전혀 나지 않지만 지금에 와서는 한 가지 조금 아쉽기는 하다. 만약 우리가 그때 무도인이었다면 학교 옥상에서 만나 정권과 뒤돌려차기 등으로 맞장을 뜬 뒤 언제 그랬냐는 듯 어깨동무를 하고 지하 매점으로 가 사발면을 후루룩거리는 스쿨 누아르 장면을 연출했을 텐데, 당시의 민과 나는 지독하게 정적인 인간들이었던 터라 꼿꼿하게 제자리에 서서 각자의 혀로 정권도 찌르고, 회축도 하고, 암바와 삼각초크도 넣고 그랬나 보다. 오랜 세월이 흐른 지금도 가끔 그날의 짜릿함에서 헤어 나오지 못해서인지 잊을 만하면 한 번씩 그렇게 맞장을 뜬다.

얼마 전, 그 민이 나의 집에 놀러 왔다. 청결한 성격의 민은 많은 사람이 오가는 대중교통 이용을 그리 선호하지 않는데도 한 시간여의 거리를 지하철을 타고 나의 집까지 온 것이다. 동네 식당에서 밥을 먹고 집으로 와서 다과를 나누며 이런저런 대화를 나누는 중에 나는 갑자기 앞차기와 찍어차기를 시전하고, 낙법의 기본도 전수해주었다. 우아한 귀족 민아는 이런 나의 주접을 곁눈질하면서 혀를 끌끌 차기도 하고 웃기도 하더니 대뜸 말했다. 서두는 "이런 말 해도 될지 모르겠지만……"이었다. 보통 그런 말은 안 해도 좋은 말이겠으나, 듣는 입장에서는 안 듣고는 못 배기는 말 아닌가. 말해보라며 재촉했다.

"너 좋아 보인다. 잘 지내는 것 같아. 뭐, 지금 하는 운동이 너랑 어울리긴 해."

음. 예상과 달리, 들어도 되는 말이었네. 그런데 뭐지, 이 기시감은? 많이 들어본 말인데? 어디서였더라? 아, 그래! 노래 가사로구나. 한 남자가 운전 중 횡단보도 앞에서 차를 세웠다가 거길 건너는 '전여친'을 목격하고 독백하는 그 노래 가사. "좋아 보여. 잘 지내나 봐. 헤어스타일도 바뀌었네, 역시 태가 나"로 시작하는 노래.

물론 민이 내뱉은 말의 포인트는 "이런 말 해도 될지 모르겠지만"에 있다는 걸 모를 리 없었다. 2년 사이에 내게 시련이라도 말해도 좋을 일들이 있었기에 민은 제 친구가 피골이 상접하고, 인생을 비관하며, 생기 하나 없이 지낼지도 모른다고 걱정을 한 모양이었다.

웃을 때 주로 소리를 내지 않는 나는 모처럼 호방하게 웃었다.

"야, 하하하하, 당연히 좋지. 편안하고 잘 지내. 말했잖아."

그러곤 요즘 심심하면 주변 사람들에게 아무 말 대잔치 하듯 던지는 그 말을 민에게도 했다.

"너도 특공무술 할래?"

민은 특유의 냉소를 띠며 말했다.

"야, 나도 진짜 하고 싶다. 나 그런 거 잘하거든? 애랑 남편만 아니면 확 이사 와서 같이 다니면 좋을 텐데."

뭐, 이제껏 특공무술 전도에 성공한 적이 없지만 정말 그러면 좋겠다는 무의미하지만 유의미한 듯한 말을 주고받으며 커피를 홀짝였다.

하던 일 계속 열심히 하면서 주변 사람들에게 위로를 받으며 만만치 않은 시간을 지나왔는데, 다만 이 모든 영광은 특공무술에 바치려고 한다. 내가 얼마나 잘 지내는지, 얼마나 태가 나게 생활하고 있는지, 백 마디 말보다 시원하게 쭉 뻗는 앞차기와 옆차기, 제대로 넘어지는 법의 정수랄 수 있는 후방낙법이 정확하게 보여주는 듯해서 말이다.

동료를 소중히 여길 것

#체력 단련

비보였다. 네 명이던 성인부가 두 명으로 줄어들었다. 자매였던 두 분이 다른 지역으로 이사를 한 것이다. 남은 자들의 고심이 깊어졌다. 넷이서 할 때도 쑥스러워서 어쩔 줄 모르겠는 순간이 많은데 이젠 두 명이라고? 나 못지않게 수줍음이 많은 다현 님이 먼저 말했다. 8시 수업인 청소년부로 가야 할 것 같다고. 나의 고심은 더욱 깊어졌다.

무리 속에 끼어서 수업을 들으면 사범님과 수강생들 사이에 있으니 집중을 덜 받아 확실히 마음이 편하다. 몸도 편하다. 사범님의 집중이 체력 단련 때에도 기술 연마 때에도 분산되다 보니 좀 대충 해도 일일이 지적해주실 시간이 부족하다. 운동 의지가 현저히 뒤처지는 날엔 수많은 수련생 중 하나가 되는 편이 좋다.

물론 단점도 있다. 체력 단련도 설렁설렁, 기술 연마도 설렁설렁 하다 보니 신체 활동을 했다는 것 외엔 큰 성과가 없는 날도 있다는 점이다. 나는 과감하게 성인부에 남기로 했다. 두 분의 사범님과 한 명의 수강생이라니. 하하, 이것 참 밀도 높은 수업이 이어져서 곧 시니어 대회에도 나가고 그러다 금메달도 목에 걸겠어.

부담이 되는 건 어쩔 수 없었다. 한 명의 수강자를 위해 두 명의 사범이 한 시간여를 쓴다는 게 도장 운영 면에서 참 비효율적이란 생각도 부담감을 키우는 데 큰 자리를 차지했다.

이런 나를 하늘이 갸륵히 여겼는지 다현 님도 되도록 성인부 수업에 나오시겠다고 말씀해주셔서 위안이 되었지만, 나와 일정이 엇갈리는 경우가 있어 별수 없이 혼자 듣는 날이 얼마간 이어지던 때였다. 희소식이 들려왔다. 성인부에 새로이 등록한 분이 생겼다는 거다. 우와, 사람이 죽으란 법은 없네. 그분이 나올 날만 기다렸다. 일주일 뒤부턴 확실히 오신다고 했지.

응. 아주 내가 잘해줄 거야!

마침내 상봉일. 체격이 건장한 청년이었다. 안녕하세요! 네, 우리 같이 운동하는 겁니다. 제가 비록 운동 생활에 큰 도움은 안 되겠지만 항상 반가워하고 만나면 기뻐하겠습니다! 나보다 훨씬 젊은 데다 건장한 청년이니 분명 상대적으로 체력이 좋을 테고, 어떤 기술과 동작을 배우든 운동치인 저보다는 뛰어나실 테니 많이 배울게요! 이런 마음을 담아 한껏 환영의 미소를 지었다.

수업이 시작되고 예상치 못한 상황이 벌어졌다. 나는 내가 체력이 그렇게 향상된 줄 미처 몰랐다. 체력 단련 시간엔 주로 달리기, 플랭크, 팔굽혀펴기, 복근 운동 등을 하는데, 그 무엇을 하든 내가 그분보다 월등히 많이 그리고 오래 하지 뭔가. 지치지 않았다는 뜻이다. 심지어 달리기 시간에는 그분 속도와 체력에 맞추기 위해 설렁설렁 뛰었더니 내 몸이 운동한 보람을 느끼지 못하고 있었다. 이건, 내가 이젠 제법 생활체육인이 되었기도 하지만 신입 회원분이 운동을 심히 오랜만에 하신 탓도 있었다. 조금만 몸을 움직여도 많이 힘들어하셔서 사범님들도 그분에게 각별히 신경 쓰는 게 보였다. 계속해서 그분의 체력에 맞추어 운동을 하다 보니, 나는 몸이 풀리지 않았다는 느낌 때문에 쉬는 시간에도 혼자서 체육관을 달릴 지경이 되었다.

세상 오래 살고 볼 일이었다. 우리 성인부에 누구라도 오시기만 하면 거짓 없는 미소로 환대해서 그만둬야겠다는 마음을 원천 봉쇄해야겠다고 다짐했건만, 환대는커녕 부족한 운동량에 아쉬워하고 있다니.

그렇게 한 주, 두 주가 흘렀다. 세상사가 조금 부족하다 싶을 때 그만두는 게 낫다는 건 운동에선 안 통하는 듯했다. 함께 운동하실 분이 생겨서 좋아하던 게 엊그제이건만 뭔가 계속 부족한 듯한 운동량 탓에 아쉬움이 덩치를 키워갔다. 이런 마음을 그분이 눈치라도 챘던 걸까. 결석하시기 시작했다. 어느 주는 하루도 나오지 않았다. 이유는 늘 있었다. 참석하셔야 하는 모임도 많았고, 코로나19 백신 후유증에 시달리셨고, 일이 늦게 끝나기도 했다. 퇴근하면 운동 말곤 할 일이 없는 나와는 달리 일정이 많으신 듯했다. 아무려나. 본디 그렇게 바쁜 게 건강한 삶이지. 청년이라면 그렇듯 공사다망해야 어울리지. 다만 내가 다시금 두 분의 사범님에게 단독으로 트레이닝을 받는 날이 많아져서 출석할 때마다 고민이 된다는 게 문제였다.

반성했다. 언제부터 그분보다 체력이 좋았다고. 언제부터 운동을 원하는 만큼 못 하면 아쉬워했다고. 지는 처음엔 팔굽혀펴기 한 개도 못했으면서 이제 막 올챙이 된 주제에 개구리인 척하네.

    돌이켜보면 이런 내 습성이 단지 체육관에서만 발휘된 건 아니었던 듯하다. 직장에서 사람들과 함께 일할 때, 더 거슬러 올라가 대학에서 발제를 준비할 때면 이런 유의 아쉬움과 불만족스러움을 느끼곤 했다. 모두가 같은 속도와 수준으로 맡은 일을 해낼 수 없는 게 당연한데도, 하나같이 같은 정도의 열정을 가질 수 없는 게 자연스러운 건데도 못마땅해하던 날이 있었다. 더욱이 각자 잘하는 게 따로 있으니 그것들을 적재적소에 발휘할 수 있도록 조력하는 데에 초점을 맞추었다면 훨씬 생산적이었을 텐데도 그러지 못했다. 성격이 급한 나는 늘 빨리 어떤 결과물을 손에 쥐어야 속이 시원했기 때문이다.

    누군가와 무언가를 한다는 건 결코 내 생각대로 상황이 굴러가지만은 않으리라는 걸 감수한다는 뜻과도 같다. 때로는 내 능력을 최대치로 발현하지 못할 수도 있다는 걸 받아들이는 거다. 그게 싫으면 혼자 해야지. 함께하고자 했다면 그와 천천히 수준을 높여가는 것이 인지상정일 텐데 그새 또 잊고 자못 아쉬워했다.

다시 신입분이 출석하셨을 때 나는 진심으로 반가웠고 소중하게 느껴졌다. 사범님들과만 운동하는 게 부담스러워서만은 아니었다. 누군가 함께 있다는 것만으로도 의지가 됐고, 발전해나가는 과정을 함께한다면 그 역시 보람찬 일이라는 걸 기억해냈으니까.

그만두지 않으셔서 다행이에요. 천천히 함께 운동해요. 오랫동안 각자 그리고 함께, 즐거이 말이죠.

반복이 주는 익숙함을 누릴 것

#러닝 ❷

'낯설게 하기'라는 게 있다. 너무 친숙하고 일상적인 것, 반복 돼서 더 이상 참신하게 느껴지지 않는 대상을 새로운 방식으로 표현하는 문학적 기법을 말한다. 문학뿐 아니라 창의성을 중시 하는 예술 분야라면 이 낯설게 하기를 모토로 두고 있다고 해 도 틀린 말은 아닐 것이다. 아주 약간의 다름만 절묘하게 집어 넣으면, 뻔한 내용이 말 그대로 예술이 된다.

이런 접근 방식은 도처에서 후한 대접을 받는다. 직장에서 업무 처리를 할 때에도, 집 안 가구를 배치하거나 잡다한 살림

살이를 정리할 때에도, 시험공부를 할 때에도, 연인과의 관계를 이어갈 때에도 낯설게 하기를 적용하면 효율과 성과를 높이고, 긴장감 있는 관계를 이어가는 데에 도움을 얻을 뿐 아니라 즐거움까지 느낄 수 있다. 그러니 다들 그렇게 창의성, 새로움, 참신함 타령을 하는 것이다.

이런 세상에서 나는 고독한 파이터가 될 수밖에 없다. 삶의 많은 영역에서 '익숙하게 하기'에 주력하기 때문이다. 그렇게 해도 부족하다. 세상과 사람들에 좀처럼 익숙해지지 않기 때문이다. 사람은 다면적이고, 그 사람들로 굴러가는 관계나 조직의 상황은 유동적이며, 그것을 대하는 내 마음 상태와 생각 역시 일정하지가 않다. 이제는 좀 익숙해졌다고 생각하는 순간, 다른 얼굴로 나를 빤히 쳐다보는 사람과 상황을 만나게 된다. 왜 사람들이 그렇게 새로움을 찾아 헤매는지 의문이 들 정도로 이 세상은 자주 낯설어진다. 그러니 편안해지고 싶다면 방법은 하나. 다양한 상황에서 반복적으로 그 대상을 겪어봐야 한다.

운동을 시작하고 이 반복의 중요성을 깨닫고 있다. 주 3회 운동을 하니 내 신체 능력이 혁신적으로 발달해 근육이 꿈틀대는 몸이 되었고, 운동신경도 남달리 좋아져 이제 뒤돌려차기쯤은 눈 감고도 하는 몸이 되었다, 이러면 얼마나 좋을까마는 그럴 리가. 반복 운동으로 내가 얻은 것은 더 이상 청소년들과 함께 운동하는 나 자신이 어색하지 않다는 것이다. 특별한 에피소드가 있어서가 아니라, 되레 아무 일도 없어서다. 마치 가족이 퇴근하거나 하교해 집에 오면 어, 왔냐 하듯이, 혹은 왔냐고 할 생각조차 하지 않듯이 나도 청소년들도 서로를 그렇게 보기 시작했다. 이거야말로 우리가 진정한 일원이라는 증거 아닐까.

어느 날, 2인 1조의 대련을 할 때였다. 평소 나와 스파링 파트너가 되곤 하는, 내가 본 초등학생 중 가장 수줍음이 많은 6학년 남학생과 떨어져 피차 서로 다른 짝과 훈련을 했다. 체급이 맞지 않아 자꾸 몸이 밀렸던 나는 잠시 쉬는 타이밍에 예의 그 파트너에게 가 한탄했다. 몸이 자꾸 밀려. 나의 파트너도 토로했다. 몸의 중심을 앞으로 두어도 계속 밀려요. 그러곤 다시 각자의 파트너에게 돌아갔다. 그 순간 나는 내적 미소를 지었다. 뭐야, 이 물 흐르듯 자연스러운 대화는?

아예 큰 소리로 웃은 적도 있다. 천변을 러닝하는 날이었다. '잘뛰조'의 일원들이 저만치 앞서 가고, '못뛰조'에 속하는 파트너와 나는 속도를 맞추어 앞뒤에서 줄줄이 비엔나처럼 달리고 있었다. 내가 앞, 녀석이 뒤. 맨 앞에서 달리는 차석사범님을 따라 뛰던 중 나는 반대편에서 달려오던 웬 중년 남성과 부딪혀 그만 엉덩방아를 찧고 말았다. 바닥이 우레탄이어서 다칠 일은 없었지만, 남성의 대응이 형편없었다. 왜 한 방향으로 뛰지 않아서 자신을 힘들게 하느냐며 목소리를 높였다. 사람이 넘어지면 괜찮으냐고 먼저 물어보는 게 순서 같은데, 기분이 상해서 보는 척도 안 하고 다시 내 갈 길을 뛰었다.

어느 순간 나의 파트너가 옆으로 와 뛰고 있었다.

"나 넘어졌잖아."

"네, 봤어요."

"마음 안 아팠어?"

"아니요?"

"뭐, 안 아팠다고? 너무하네."

"아뇨, 아팠다고요."

그러면서 묵묵히 달리는 것 아닌가. 나는 팔을 앞으로 쭉 뻗어 엄지를 척 세우고 큰 소리로 말했다.

"이야, 진짜. 역시 우리 명인도장 사람들이야! 명인도장 파이팅!"

녀석은 전력질주해서 내 앞을 가로질러 시야에서 멀어졌다.

나는 녀석의 등 뒤에 대고 다시 외쳤다.

"으하하하! 명인도장 파이팅!"

그는 더욱 빨리 사라져갔다.

녀석은 모를 것이다. 피차 서로의 존재를 편하게 받아들인 나머지 있는지 없는지도 모르겠는 일원으로 여기게 된 걸 내가 얼마나 기뻐하는지. 이렇게 될 날을 내가 얼마나 기다리며 꼬박꼬박 출석했는지.

도장에서 이런 성격은 나뿐이 아닌 듯했다. 신기하게도 이토록 역동적인 운동을 배우는 곳에는 내성적인 친구들이 많아서 나처럼 그 공간에 있는 자기 자신을 어색해해하고 낯설어하는 이들을 심심찮게 보게 된다. 양육자들이 그래서 더욱 그 아이들을 도장에 보낼지도 몰랐다. 나의 스파링 파트너만 해도 도장에만 오면 구석에 앉아 내내 겉돌다 가기 일쑤였는데, 이제는 나와 마찬가지로 한결 편해진 듯하다.

이런 변화의 비결이 뭐겠는가. 반복이다. 그냥 그 시간에 그 자리에 계속 있는 거. 눈이 오나 비가 오나 그냥 그 자리에 그 시간에 있다 보니 도장의 쌍미트처럼, 사각백, 매트리스, 줄넘기, 스텝 레더처럼 나는 그곳에 있어도 자연스러운 존재가 되었다. 익숙하게 하기에 성공한 것이다.

낯설게 하기란 참 좋은 것이다. 발상의 전환이라고도 일컬어지는 이 낯설게 하기가 있기에 충격적일 만큼 재미있으면서도 의미 있는 이야기가 탄생한다. 내 연인이 익숙해질 만하면 낯설어지는 변화무쌍한 성향이라면? 그 사랑은 높은 긴장도를 유지하며 쉬이 느슨해지지 않을 것이다. 일상의 공간과 사물을 낯설게 보는 이들이 만드는 발명품은 또 어떤가. 그 덕에 생활의 질이 향상된다. 내가 난데없이 특공무술을 하게 된 계기도 일종의 낯설게 하기였다.

그러나 여행을 떠나면 어느 순간 집이 그리워지듯, 새로운 이야기 속에서 익숙한 설정이나 사물을 만났을 때 더 큰 재미를 느끼듯, 늘 그 자리에 있어주는 가족과 연인에게 고마움을 느끼는 순간이 생기듯, 익숙함이 주는 것들도 낯설게 하기만큼이나 내게는 소중하다. 1년여간 반복해온 힘으로 나의 스파링 파트너와 내가 수개월 만에 자연스러운 대화를 주고받게 되고, 결국 도장에 익숙해져서 이제 편안한 마음으로 운동을 할 수 있게 되었듯이 말이다.

리드미컬할 것

#10초간 쉬어

몇 번이나 망설였다. 정말 이것뿐일까. 그렇다고 병원 의사 선생님이 말했다. 빨리 낫고 싶으면 운동을 쉬라고. 그저 가벼운 감기 몸살인 줄 알았는데, 그래서 금세 지나갈 줄 알았는데 컨디션이 계속 좋지 않았다.

이유가 무엇인지 묻고 알아내야 했겠지만 나에겐 대책이 더 시급했다.

회사를 그만두면 어떨까?

그러지 않아도 퇴사를 진지하게 고민했잖아.

도서관 글쓰기 강연을 취소하는 건?

너보다 뛰어난 강사들이 정말 많다는 거 알잖아.

이런 자문을 해보았지만 나는 약속에 살고 약속에 죽는 인간이다. 언제 한번 밥 먹자는 말도 지키지 못하고 있다는 기분이 들어서 어지간하면 하지 않는다. 그러니 회사는 끝맺기로 한 일들이 남아 있어 아직 퇴사는 곤란했고, 강사가 2주밖에 안 남은 강연을 펑크 내면 담당자가 얼마나 난처할까 싶었다. 어겨도 괜찮은 건 나 자신과의 약속인 '주 3회 이상 운동'뿐이었다.

나 자신과의 약속도 중요한데. 게다가 비로소 김종국을 이해하는 생활체육인이 되었건만, 역시 이해와 용납이 꼭 같이 가는 건 아니구나. 내 몸이 내 이해를 용납하지 못하는구나.

어디가 부러졌거나 중병에 걸린 거라면 빨리 납득했을 텐데 아니었다. 이런저런 검사를 해보아도 내 병명은 코로나19 바이러스 감염도 아닌 감기였다. 한 달 넘도록 코감기, 기침감기, 몸살감기가 떨어지지 않았다. 고작 이 감기 기운 하나가 모든 일의 효율을 현저히 떨어뜨렸다. 어느 날부터는 몸에 힘을 줘보아도 도통 힘이 들어가지 않았다. 회사에서 마감이 있거나 주말에 특강이 있으면 전날 저녁에 꼭 주사를 맞아야 할 수 있었다. 그래 봤자 감기 몸살용 주사였지만, 그 주삿발에 의지하며 봄을 지나고 있었다.

내가 하는 일이라야 대수로운 것도 아니었다. 그냥 남들 다 하는 거. 주 5일 출근, 주 3회 이상 운동. 거기에 어쩌다 글쓰기 강연(이건 좀 어렵지만 어쩌다 한 번씩이니까) 정도였다. 어딜 멀리 다니는 것도 아니고, 엄청난 프로젝트를 이끄는 것도 아닌 고작 이 정도인데도 한 번 효율이 떨어지니 무슨 날개 잃은 천사도 아니고 계속 모든 일에서 낙하하는 기분이었다. 매사에 의욕이 없고, 단지 미열이 있을 뿐인데 되게 아픈 것 같고, 한 달째 그러다 보니 어느 순간 조금은 슬픈 것도 같았다. 원기를 잃는다는 게 이런 거구나. 한 번 잃은 원기는 좀체 돌아올 줄 모르는구나. 원기 이놈, 꼭 변심한 연인 같구나.

그 와중에도 운동만은 포기하고 싶지 않아서 이렇게 저렇게 치료를 받으며 발악했으나, 건초염만 심해져 마우스 한번 편하게 클릭하지 못하는 상태가 되었다. 결국 사범님이 계신 단체 대화방에 한 달간 운동을 쉬겠다고 알렸다. 나 하나쯤 쉰다고 도장에 무슨 지장이 있다거나 누군가 고독해하겠느냐만, 내 마음만은 그렇지 않았다.

아, 다른 것도 아니고 운동을 쉬네.

뭔가 좀 억울했다. 1년간 운동을 그렇게도 열심히 했는데 왜 체력이 바닥인 거지? 나 복근 비슷한 거 생긴 거 아니었나? 허벅지에 근육 붙은 거 아니었어? 토요일 저녁 강연에 대비하여 아침에 주사를 맞으며 생각해보았다. 이게 대체 무슨 일일까?

내가 가장 사랑하는 사람이나 현상의 상태를 3음절로 묘사하라고 한다면, 나는 망설이지 않고 말할 수 있다. 일관성, 전일성, 통합성이다. 각각의 요소가 하나의 목표를 향해 일관되게 나아가는 것. 그래서 스스로 완전하다고 여겨지는 상태에 이르고자 애쓰고, 그렇게 애쓰는 상태를 최대한 유지하는 것. 마치 수많은 부품이 각각 제 역할을 해서 설정한 기능을 완수하는 기계와 같은 상태, 그것을 나는 조화 혹은 영원함에 근접한 어떤 상태라고 생각하며 사랑해 마지않는다. 지난 1년간의 내 생활을 묘사하라고 하면, 바로 이 기계적이라는 말을 떠올릴 수 있다. 한데 원인을 알 수 없는 이유로 이 기계가 고장 나버린 거다.

이놈아, 바닥인 줄 알았냐, 바닥이 무엇인지 보여주마. 내 인생이 이렇게 결심을 한 모양인지 티브이 뉴스를 연일 요란하게 장식하는 전세 사기를 당해서 나는 굉장한 고비를 맞이한 느낌에 휩싸였다. 출퇴근을 위해 이동하는 것만으로도, 강연에서 최악의 컨디션을 들키지 않는 것만으로도, 전세 사기를 해결하기 위해서 어떤 법적 절차를 거쳐야 하는지 알아내고 이행하는 것만으로도 죽을 맛이었다. 입에서 쓴 물이 올라왔다.

운동을 딱 한 달만 쉬겠다던 결심은 두 달째로 이어졌다. 도장에서 유일한 나의 동년배인 다현 님에게서 문자 메시지가 왔다.

─ 제희 님, 괜찮으신가요?

문자를 붙잡고 하소연하고 싶었다.

아니요, 안 괜찮아요. 저는 정체를 알 수 없는 어둠의 세력에게 큰 공격을 당하고 있습니다. 혹시 제가 죽거든 도장에는……. 흑흑.

물론 나는 성숙한 사회인이니까, 씩씩하게 답장했다.

─ 네, 그럼요. 곧 도장에 복귀하겠습니다.

시간이 흘렀다. 좀비처럼 회사에 열심히 출근해 맡은 일을 하고, 그 와중에 나와의 미팅을 회피하는 임대사업자 집주인을 찾아가 필요한 서류 문제를 정리하고, 마치 도 변호사라도 된 것처럼 부동산 관련 법률 용어를 일상어처럼 사용하며 필요한 법적 절차를 밟고, 약속했던 강연도 모두 마쳤다. 불행인지 다행인지 전세금을 잃을지도 모른다는 위기감이 내 몸에 다시 긴장감을 불어넣어 마치 각종 현란한 발차기와 찌르기 기술로 악의 무리를 쓰러뜨리듯 문제 상황을 해결하기 위해 동분서주했다. 얍! 얍! 얍! 비켜라, 이 부동산 시장의 악의 축들아!

그렇게 두 달이 금세 지나고 석 달 차에 이르렀을 때 나는 더는 운동을 쉴 수 없다고 생각했다. 컨디션이 아직 온전히 회복되진 않았지만, 더 쉬면 영영 돌아가지 못할 것만 같았다. 다시 발걸음을 재촉했다. 땀 흘리는 무도인들이 숨 쉬는 곳으로.

도장의 풍경은 평화로웠다.

눈에 익은 얼굴들, 언제 들어도 귀에 정확하게 날아와 박히는 단전에서부터 올라오는 수석사범님의 기합 소리. 사각백과 미트를 치는 발소리. 우르르 무리 지어 뛰어다니는 꼬마들의 웃음소리. 아주 익숙하고 평화로워서 생경했다.

전장에서 간신히 살아 돌아온 군인의 심정이 이럴까. 나는 마치 전리품인 양, 나 홀로 복귀를 기념하며 사 간 아이스크림을 냉동실에 넣고선 허리를 휘휘 돌려봤다.

언제나 그렇듯이 30분간의 체력 단련이 먼저 시작되었다. 기본 스트레칭으로 일단 몸을 풀었다. 그래, 그야말로 기본이다, 기본. 그냥 대충 다리 벌리고 상체 접고 허리 돌리고 그런 거. 그런데도 땀을 뻘뻘 흘렸다. 가랑이와 허벅지와 허리가 아우성을 쳐댔다. 스쿼트와 버피로 넘어가서는 거의 호흡 곤란이 올 지경이 됐다. 아, 내가 그래도 말이야, 1년 넘게 운동했는데 몸뚱어리야 이러기냐? 중간중간 한 세트가 끝날 때마다 듣는 "10초간 쉬어"가 없었다면 결코 따라가지 못했을 거다. 온몸으로 땀을 쏟아내며 점프스쿼트를 마쳤을 때 사범님의 자비로운 한마디.

"쉬어!"

비틀거리며 생명수의 근원지인 정수기로 향했다. 두 달 반은 너무 오래 쉰 거였구나. 필요 이상으로 오래 쉬어서 이 모양이 되었구나. 뭐든 쉬엄쉬엄 했으면 이 지경은 안 됐을 텐데.

그렇게 봄을 지나 여름이 되었을 때 나는 내가 지난 계절 내내 겪었던 증상이 번아웃이었다는 진단을 내렸다. 몇 년 사이 많은 일이 있었다. 평생 우정과 사랑을 함께 나누리라 믿었던 오랜 인연들을 부득불 다수 정리했다. 그 여파에 휘말리지 않기 위해 바쁘게 지냈다. 회사의 일에 늘 그렇듯 매진했을 뿐 아니라 강연 의뢰가 들어오면 거절하지 않았고, 그렇게 강연을 준비하며 이런저런 글을 쓰다가 계획에도 없던 에세이 작법서를 출간했고, 10년째 미루던 운전면허증 따기에 도전해 기능시험 4수 만에 취득했고, 그 와중에 특공무술 수련도 했다. 오랫동안 인생에 "10초간 쉬어"가 없었던 셈이다.

도장에서 체력 단련을 하다 보면 어떤 세트든 한 세트를 마치면 사범님께선 "10초간 쉬어"라고 하신다. 체력 단련을 시킬 때에 유난히 자비가 없는 차석사범님은 그 10초가 아주 중요하다고 했다. 그렇게 해야 운동의 효과가 좋다고 말이다. 실제로 인터벌 트레이닝은 교과서에도 실릴 만큼 고전적인 운동법이라고 한다. 운동 사이 휴식기에도 심박수는 평소보다 높으므로 운동량에 비해 단시간에 많은 칼로리를 소모할 수 있고, 또 그렇게 쉬어주어야 훈련을 이어갈 수 있기 때문이다.

적절한 순간에 알맞은 쉼은 '강약 조절'에서 '약'을 맡고 있지만, 그 약은 강을 뒷받침해주는 필수 요소다. 모든 활동에 강, 강, 강만 있다면 그것은 더 이상 강이 아닐뿐더러 운동의 지속력도 떨어진다. 글을 쓸 때에도 긴 문장과 짧은 문장을 적절히 사용할 때 기분 좋은 리듬감이 생기듯 운동도 강하게와 약하게를 적절히 섞어줄 때 리드미컬하게 지속할 수 있다.

도장에 온 지 한 시간 후 여기저기 찢기고 축축해지기까지 한 휴지 조각 같은 몸을 이끌고 집으로 향했다. 강약중강약을 잊지 않기로 하면서 말이다.

무한히 상상할 것

#특공형

2023년 초에 운전면허를 딴 뒤로 고향집에 가는 일이 전보다 반가워졌다. 그곳엔 어디 들이받거나 무언가에 긁혀도 차주의 분노가 그리 크지 않을 상태의 엑센트가 있기 때문이다. 기계치, 방향치, 공간지각치라는 완전한 트라이앵글을 장착해온 인간답게 기능시험 네 번 만에 면허를 턱걸이로 취득했지만 신기하게도 운전이 재미있었다(서부운전면허학원 기능시험장 너네 부숴버릴 거야). 그뿐 아니다. 운전이나 기계 따위에는 아무 욕심도 없던 사람으로 40년 넘게 살았는데 요즘엔 어딜 가도 차밖에 보이지 않는 지경에 이르렀다. 어머, 내 차가 도로 위를 질주하고 있네. 아니야, 아니야. 내 차가 되기엔 너무 바퀴가 작아. 연비와 균형감이 아쉽지.

물론 아직 운전을 시작하는 순간부터 결코 핸들에서 손도 떼지 못해서 보조석에 앉은 차주(아버지)가 창문을 열라고 해도, 에어컨 좀 켜라고 해도 못 들은 척하는 수준이다. 한 번은 좌회전하란 아버지의 지시를 듣고도 과격한 핸들링으로 우회전을 해서 그를 심히 빡치게 했다.

"아니 왼쪽 모르냐, 왼쪽. 환장하겠네."

"몇 번을 말혀? 일단 타면 그거, 야 그거 옆이 달린 거울을 펴란 말이여. 기본인디 그것도 몰러?"

"야, 그 학원은 사기꾼들만 모였내 비다. 대체 왜 너한티 면허를 준 거여? 왜 벌써 줬냔 말여."

"겁먹지 말고 너는 그냥 니 길을 가는 거여. 옆이서는 저얼대 중앙선을 안 넘어온당게."

"뒤에서 빵빵거리거나 말거나 너는 니가 가던 속도로 가. 야 이 씨 그렇게 급허믄 어제 오지 그렸냐?"

가족끼리 운전 가르치고 배우는 거 아니라는 상식쯤이야 나도 잘 알고 있지만 원껏 연습을 하긴 해야겠고, 그렇다면 서로

민폐를 끼쳐온 세월이 적잖은 아버지 차로 하는 편이 나을 듯했다. 그랬기에 불룩한 배를 자랑하는 이 운전 마스터가 제아무리 내리라고 소리쳐도 단 한 번도 내리지 않고 후진 후 유턴하다가 컨테이너를 들이받기도 하고, 자칫 도랑으로 추락할 뻔할 아찔한 상황도 수차례 만들고, 남의 차 사이드 미러를 칠 뻔도 하면서 "아주 기가 맥힌 코너링이었다, 안 그려?" 큰소리치는 정신을 잃지 않고 있다.

이 괴팍한 노인네가 마흔 넘은 자식도 자식이니 어쩔 수 없이 열쇠를 넘겨주었지, 그걸로도 모자라 목숨 귀한 줄도 모르고 보조석에 타서 잔소리를 해대지, 남 같으면 어림도 없다. 그가 나에게 전수해준 운전자의 마음가짐 가운데 가장 마음에 남는 건, 이거다.

"운전은 기본적으로다가 방어 운전이여. 항시 너 앞이랑 뒤에 넘의 차가 있다고 치고, 어디를 가나 사람이 나온다 그렇게 치고 사방을 잘 보고선 천천히 가란 말여."

그도 그럴 것이 내 고향 충남 서천에서 이른 아침에 운전을 하다 보면 마치 온 곳이 내 전용 도로인 듯 사람도 다른 차도 안 보일 때가 많기 때문에 방심하기가 쉽다. 마치 특공무술에서 형을 수련할 때와 흡사한 상황이랄까.

"제희 님, 섀도복싱이라고 들어봤어요?"

특공형을 연습하던 어느 날이었다. 이날도 변함없이 수석사범님의 물음표가 날아왔다. '형'이란 태권도로 치면 품새에 해당하는 동작으로서, 그 모양이 멋지고 아름답게 나와야 하는데 그러자면 몸이 기울어지는 각도, 팔다리를 굽히거나 펴는 정도, 뛰어오르는 높이 등이 훌륭해야 한다. 특히 특공형은 이제까지 배운 여러 기본자세와 기본형을 다양한 방식으로 조합한 역동적인 품새의 연결형이었다. 내가 이전 단계인 기본형을 다 외우지 못한 걸 알면서도 사범님은 과감하게(?) 그다음인 특공형을 연습시켰다. 그런데 갑자기 웬 섀도복싱?

"형이 사실 굉장히 과장돼 있잖아요. 멋지게 보이려고 하는 것도 있지만 진짜 이유는 공격과 방어를 연습하는 거예요. 적이 있다는 가정하에 동작을 연습하는 거거든요. 왜 이렇게 손날을 세워서 내려치겠어요? 적의 목을 후려친다고 생각하면서 내려칠 때 제대로 된 동작이 나오는 겁니다. 왜 두 손을 쭉 펴서 찌르겠어요? 적의 복부를 찔러서 쓰러뜨리기 위해서죠. 섀도복싱하는 것처럼 그런 마음으로 하시라는 겁니다. 상상의 적을 그리면서 하는 거죠."

아, 상상의 적! 그렇군요! 나는 깊은 깨달음을 얻고선 특공

1형과 2형 연습에 매진했다. 차석사범님께서 다가와 동작 연결의 원리를 설명해주시니, 도무지 외워지지 않았던 그 외계의 것 같던 동작들이 자연스럽게 연결되기 시작했다. 두 사범님께서 쏟아낸 가르침의 핵심이 완벽한 하모니를 이뤄 나는 제법 리듬감 있게 움직이며 특공형을 외워나가게 되었다.

비밀은 섀도에 있었다. 보이지 않지만 마치 그림자라도 드리워 있는 듯 상대를 상상하면서, 이미 깨우쳐놓은 기본 원리에 충실히 따르면 당최 외워지지 않던 동작들도 외워지고, 안전 운전도 할 수 있게 되는 거였다.

인생이란 특공무술 수련과 운전보다는 훨씬 복잡다단해서 이 원리 하나만으로 완벽하게 안전한 삶을 살 수는 없겠지만, 그래도 아버지, 다음에 내 섀도드라이빙을 보고 놀라 자빠지지나 말란 말여.

호흡을 고르면서
단전의 기운을 모으는
자세입니다.

나는 지금 우주의 기운을
모으고 있다 ~!

겉멋을 부릴 것

#회축

　　운동선수들 중에 멋쟁이를 보면 궁금했다. 운동하면서 저런 머리 모양, 저런 액세서리를 하면 경기에 방해되지 않을까? 정신이 분산되지 않을까? 신경이 안 쓰일까? 인정할 수밖에 없다. 참 편협한 인간이었다. 내 복장과 패션도 회사 일과는 큰 상관이 없을 때가 있다. 외부 미팅이 있는 날도 아닌데 불편함을 무릅쓰고 멋을 부린다. 잘 안 입던 원피스를 입고, 힐을 신고, 고이 모셔두고 있는 향수도 뿌린다. 그냥 내가 하는 일이 무엇이든 그러고 싶은 날이 있듯이 운동선수 역시 멋 부림을 한들 그게 뭐 경기랑 꼭 상관이 있어야 하는 건 아니다. 더욱이 웬걸, 며칠 전엔 패션이 체육인의 운동력 향상에 미치는 영향을 깨달았다. 수년간 길러온 머리카락을 싹둑 잘랐기 때문이다.

가슴께까지 오던 머리카락을 목선까지 자르고 나니, 오랜만에 기분이 새로웠다. 긴 생머리를 수년째 유지한 이유가 청순한 이미지를 갖고 싶어서는 아니었다. 고데기를 하지 않으면 웨이브 펌을 했다고 오인받을 만한 슬픈 헤어 유전자를 지니고 태어났으니 청순과는 거리가 좀 있다. 다만 머리가 짧아질수록 출근 준비 시간이 길어진다는 걸, 알 만한 사람은 다 알잖아? 질끈 혹은 돌돌 말아서 묶을 수 있어야 지속 가능한 정시 출근이 이루어진다. 더욱이 나는 뭐든 쉽게 질리지 않는다. 긴 머리도 오랫동안 질리지 않았다.

이런 인간일지라도 물리는 순간을 맞기는 한다. 예고도 없이 불현듯 이런저런 변화를 도모하고, 상황을 정리하고, 낯선 길로 들어선다. 그건 아마도 내 관성으로 이루어진 일상이 문제적으로 느껴지고, 그래서 내면에도 새로움이 없게 느껴질 때 찾아오는 순간이 아닐까 싶다. 그래서 어느 주말에 느닷없이 머리카락을 20센티쯤 잘라냈다.

와, 날아갈 것 같아. 그리고 좀 상큼해 보이는걸? 껄껄.

눈썰미가 남다른 수석사범님이 나를 보자마자 "머리 자르셨네요" 했다. 이분의 눈썰미는 타의 추종을 불허한다고 단언할 수 있다. 수강생들의 외양에 아주 작은 변화만 생겨도 바로 알아채신다. 가령, 내가 가르마를 바꾸거나 머리색을 살짝 어둡게 염색하고 간 날, 나조차 그 사실을 잊고 있는데도 사범님은 알아보신다. 그러니 이런 큰 변화를 모를 리 없지. 사범님은 또 워낙 수강생들에게 우호적이셔서 잘 어울린다는 칭찬의 말을 잊지 않아주시는 거다.

호호호, 알아요, 알아. 제가 단발이 좀 어울려요.

머리 기장 짧아진 게 뭐 그리 대수라고 이 난리인가 싶겠지만, 그건 뭘 모르고 하는 소리다. 목덜미와 볼 위에서 춤벙대는 머리카락을 느끼며 뒤돌려차기(회축)를 할 때의 느낌이란, 뭐라고 해야 할까, 좀 더 내가 이소룡에 가까워지고 있다는 느낌을 주었다. 더욱이 많은 예체능이 '멋'을 중히 여기지 않나. 특공무술에도 연결 동작에서 나오는 몸 선의 아름다움이란 게 있다. 머리 모양도 그 몸 선에 기여하는 요소 중 하나다. 내 단발은 특공무술의 동작들이 얼마나 역동적인지 잘 나타내려 목과 볼 위에서 쉼 없이 널을 뛰었다. 수많은 로커들이 장발을 고수하는 건 다 이유가 있었던 거다.

발차기를 훈련하는 날이라 더 신이 났다. 몸을 휙 돌리는 순간 머리카락이 볼때기 위에서 같이 휙휙거릴 때, 내 움직임이 뭔가 더 리드미컬하게 느껴졌다. 나는 그 느낌이 좋아서 더 열심히 발을 들어 차올리고, 몸을 힘껏 휙휙 돌렸던 것 같다. 그래서인지 사범의 칭찬을 더 많이 들은 기분인데……("오늘 좋은데요?") 사실은 그냥 독려의 말이었던 듯하지만…… 그냥 기분이면 뭐 어떤가. 멋을 냈더니 왠지 멋진 특공무술인이 된 것 같은 기분인걸.

멋 부리는 데에 큰 재주는 없다. 옷장을 열면 고대부터 쌓여온 평범한 디자인의 똑같은 옷 100벌이 기다린다. 머리 모양도 몇 년에 한 번씩 길이를 자르는 게 고작이다. 그러니 내가 부리는 멋이라야 아주 소소한 수준이지만, 그렇기 때문인지 작은 겉멋 부리기만으로도 기분이 새로워진다. 그 기분 덕분에 내가 하는 일에 더 흥겹게 임하게 되고 말이다. 이런 상태가 몇날 며칠씩 간다.

현명한 많은 이가 겉멋 부리지 말라고들 한다. 곰곰 생각해보면 그건 겉멋'만' 부리지 말라는 뜻인지도 모르겠다. 근사한 차림을 한 사람을 누가 싫어할까. 딱 봐도 세련 그 자체인 사람을 보는 건 큰 즐거움이기도 하다. 그러니까 만약 겉멋을 부렸

더니 속멋도 난다면, 즉 차림새만 근사한 게 아니라 행동이나
태도도 아름답다면, 그것은 분명 고상한 품격에서 기인할 확률
이 높다. 겉멋은 때로 제법 부릴 만한 삶의 방식이 될지도 모르
겠다.

타인의 배움에 동참할 것

#찍어차기

　최근에 유행했던 디저트 품목 하나를 들자면 단연 약과다. 디저트 가게들이 약과를 활용한 이런저런 메뉴를 출시할 때마다 내심 뿌듯해진다. 이제야 인기를 얻다니, 세상이 비로소 약과의 맛을 이해했구나. 나는 오래전부터 단것들 중 드물게 약과를 좋아했다.

　약과는 고등학교 시절 종종 선물로 받은 과자였다. 몇몇 친구가 내게 부탁할 일이 생기면 더러 매점에서 약과를 하나씩 사 왔다. 부탁이라야 잘 기억도 안 나는 사사로운 것들이었는데도 충청도 양반의 자제들이라 그런지, 친구 사이에도 예를 차렸다. 그중 가장 많은 약과를 사준 친구는 학구열이 남달리 높은 아이였다. 녀석은 아주 성실한 학생이었던 터라 수업 시간에 배운 내용이 잘 이해되지 않을 때 한 번 더 설명을 듣고자 했다. 전교 1, 2등을 앞다투는 애들은 우리처럼 평범한 학생이 왜 그것도 모르는지 이해를 못 할 테고, 뭣보다 그들은 제 공부를 하느라 여념이 없었기 때문에 나처럼 보통 사람이 제격이었다. 나는 그 친구가 어떤 이유로 그걸 이해 못 하는지 비교적 잘 알았다. 아는 내용이라면 차근차근 설명해주었고, 정확히 모르겠는 건 같이 얘기하며 이해도를 높였다. 보상을 바라진 않았으나 약과를 받을 때마다 '아휴, 뭐 이런 걸' 하는 마음이 들면서도 차마 뿌리칠 수 없었다. '고딩'에게 식욕이란 거의 존재의 본질 아니던가.

약과와 함께 기억에 남는 다른 한 가지는 친구에게 설명을 해주거나 의견을 주거니 받거니 하면서 자연스럽게 나도 복습을 하게 되었다는 점이다. 그런 시간이 아니었다면 내가 복습이란 걸 했을 가능성은 낮았다. 자신의 학구열 덕분에 내 성적도 좀 더 올랐다는 걸 그 친구가 알았다면 두 번 사줄 약과를 한 번만 사줬을지도 모른다.

이처럼 겉은 바삭하고 속은 촉촉한 식감, 끈적끈적한 단맛과 함께 기억된 탓이리라. 그 시절 그 친구와의 복습 시간이 꽤 인상적으로 남아서 성인이 돼서도 누군가 함께 배운 것이나 업무 내용에 대해 보충 설명을 부탁해오면 기꺼웠다. 함께 성장해가는 즐거움은 생각보다 굉장히 크다.

그러나, 도장에서도 이럴 줄 몰랐다. 내가 뭘 가르치는 입장이 될 가능성이 전혀 없는 곳이 있다면 바로 우리 특공무술 도장이었다.

출입한 지 1년이 넘자 소연이라는 중학생 친구가 들어왔다. 소연이는 툭하면 다치고 몸이 약한데도 불구하고 특공무술을 재미있어했다. 발차기를 주특기로 삼고 싶어 해서 계속 내게 자신의 동작을 선보이며 어떠하냐는 눈빛을 보내곤 했다. 눈치가 있다가도 없고 없다가도 있는 나는 처음엔 영혼 없이 "잘하네" 했다. 소연이의 바람을 알아챈 건 워밍업으로 기본 발차기를 하던 어느 날이었다. 그날도 소연이는 자기 차례에 사범님의 지도를 받으며 쌍미트를 찍어 차고 난 다음에 제자리로 돌아와 같은 동작을 연습했다. 나는 무감한 눈으로 보며 '열심히 하네' 생각했다. 그렇게 혼자 연습하기를 몇 차례 반복하고 난 뒤 소연이와 내 눈이 마주쳤다. 돈오라 했던가. 나는 깨달았다.

음, 이건, 다시 약과의 시절이 돌아왔다는 신호잖아. 계속 그런 신호를 보내고 있었던 거야?

그다음부터 소연이가 차는 양을 예의 주시했다. 사범님이 어떤 지도를 해주는지도 귀 기울여 들었다. 그러곤 소연이가 제자리로 돌아와 한 번 찬 뒤에 나를 보고, 또 한 번 차고 나를 보았을 때 확신을 갖고 다가갔다.

"소연아, 왼발은 좀 더 틀면서 동시에 오른 다리는 접어서 올렸다가 찰 때 쭉 펴. 아니 아니, 내릴 때도 그대로 접어서 내리고, 아까보단 앞에 디더. 균형 잡아보고."

어색했다. 내가 도장에서 누굴 가르치고 있는 건가. 아니, 이렇게 해도 되긴 하는 건가.

찍어차기는 앞차기와 안다리차기보다는 좀 더 어려웠다. 몸을 틀면서 다리 한쪽을 직각으로 올림과 동시에 쭉 펴서 상대를 친 다음 다시 접어서 내려야 하는 이 모든 과정에서 몸의 균형을 잡기가 초보자로서는 쉬운 일이 아니다. 액션 영화를 보면 몸을 한쪽으로 살짝 비틀어 다리를 들어 올린 다음 상대의 얼굴, 허리, 허벅지와 정강이 등을 발등이나 발 측면으로 사정없이 가격하는 동작이 이 찍어차기, 흔히 말하는 돌려차기 동작이다. 서당 개 3년이면 뭐를 한다더니, 내 비록 2년 차이지만 직접 시범을 보이며 그 뭐 비슷한 것을 하고 있었다. 소연이는 옆에서 정말 열성적으로 따라 했다. 역시나, 그렇게 타인이 하는 양에 동참하니 내가 각각의 구분 동작 중 무엇을 소홀히 해서 찍어차기의 각도가 어설프게 나오는지 깨달았다.

아무래도 이날은 그런 날이었던 듯하다. 그러니까 공자의 유명한 가르침, '학이시습지 불역열호(學而時習之 不亦說乎, 배우고 때때로 그것을 익히면 즐겁지 아니한가)'의 날 말이다.

수석사범님께서도 소연이의 차례가 되었을 때 말씀하셨다.

"소연아, 앞에서 언니들이 하는 걸 잘 봐. 내가 언니들에게 뭐라고 말하는지도 들어보고. 그러면 내가 방금 한 질문에 답할 수 있었을 거야. 가령, 내가 제희 언니한테도 1 더하기 1은 2라고 말했어. 다현 언니한테도 1 더하기 1은 2라고 말했고. 니가 잘 들었다면, 내가 1 더하기 1은 뭐죠 했을 때 2라고 바로 말할 수 있었겠지."

우리를 언니라고 하기엔 굉장히 큰 무리가 있었지만, 사범님의 가르침만은 사실이었다. 소연이뿐 아니라 다른 사람들이 발차기를 하는 모습과 사범님이 지도하는 내용을 잘 보고 들어보면 설령 내가 잘하고 있었던 듯한 동작도 발전시킬 만한 지점을 알게 되었다. 발차기는 보통 색 띠와 검정 띠로 구분해 연습을 하는데, 우리 색 띠 그룹의 사람들은 하나같이 1 더하기 1이 뭔지 잘 모르는 거기서 거기인 수준들이라 더욱 그랬다. 과연 '배우고 그 배운 것을 익힌다면 즐겁지 않을 수가 없었다'. 소연이도 같은 마음이었다고 생각된다. 그다음 자기 차례가 왔을 때 쌍미트를 차는 소리가 남달리 우렁찼고, 동작의 연결도 훨씬 자연스러워졌기 때문이다. 자식, 좀 하는데? 내가 감탄사와 함께 박수를 치자 소연이가 씩 웃으며 제자리로 왔다.

그래 소연아, 찍어차기 정도는 이제 우리에겐 약과지. 안 그래?

노련함으로 믿음을 줄 것

#대련 ❺

경쟁이란 무엇인가. 내가 타인보다 뭔가 잘하기 위해 애를 쓰는 일이다. 내게는 이 경쟁 DNA가 부족하다. 승리한다고 해도 기쁨은 잠시, 누군가를 이겼다는 게 가히 기분이 좋지가 않다. 언제나 패자에게 마음이 기울기 때문인데…… 이렇게 말하니 꽤나 많이 이겨본 사람 같네. 정확히 말해보자면, 경쟁 DNA를 다소 보유하고 있기는 하나 대결에 앞서 느끼게 되는 긴장감에서 자유롭지 못하다. 문명사회니까 생존해 있지 야만사회였으면 내 DNA는 벌써 멸종하고도 남았다. 공부에서라고 뭐 달랐겠는가. 아무개보다 잘하겠다는 생각으론 동기부여가 되지 않았다. 그 과목이 재미있어야 했고, 그래서 공부 좀 했으니까 이 정도 점수를 내면 좋겠다는 생각이 그나마 평균 성적을 올리는 데에 도움이 되었다. 난처하지 않을 수 없었다. 특공 무술의 백미는 대련이고, 대련의 참맛은 승리이기 때문이다.

몇 년 만의 더위라는 여름과 가을이 시작될 무렵까지, 전과 달리 대련 시간이 늘었다. 이 말은, 내가 출석을 후회하는 날이 많아졌다는 뜻이다. 발차기, 형, 낙법 등은 그저 홀로 열심히 수련하면 되지만 대련은 아니었다. 홀로 연습한 모든 기술을 적절히, 창의적으로 활용해서 상대의 몸통 위에 올라타거나 암바 혹은 삼각초크를 걸거나 해야 끝나는 치열한 운동 시간이다. 어떻게 보자면 대련을 위해서 뭇 기술을 배우는 것이다.

청소년부와 합부하면서 성인은 나 혼자일 때도 많았기에 중고등 남학생들과 훈련해야 하는 날이 잦았다. 뼈마디가 굵직해지고 에너지가 끓어 넘치는 그들과 대련한다는 건 이 한 몸 당신들의 스파링 인형으로 헌정한다는 뜻과도 같았다. 어떤 학생은 나와 대련하는 걸 무척 조심스러워하기도 했다. 성인이라는 점도 불편한 마당에 체격 차이가 자신들과 너무 많이 나는 나와 대련하는 걸 웬만하면 피하고 싶어 했다. 그 마음이 이해가 됐다. 여러모로 비슷한 상대와 해야 편하고 재미있게 공격과 방어를 주거니 받고, 그러면서 실력을 향상시킬 수 있을 테니까. 대련 상대가 된 학생들은 나를 배려해주느라고 방어만 하거나 살살 공격했다(착한 녀석들!). 그런데도 나는 때마다 7 대 1로 싸운 인간처럼 헉헉댔다.

결석생을 막기 위해 주간 일정표를 절대 사전에 공개하지 않는 수석사범님께 조금 투덜대보았다.

"요즘 대련 시간이 너무 많아졌습니다."

사범님은 단호하게 말씀하셨다.

"어쩔 수 없습니다."

"왜죠?"

"10월에 특공무술 대회가 열리거든요."

대회? 그러고 보니 사무실 달력에 토요일마다 특별 훈련이라고 써 있었던 것도 다 이것 때문이었구나. 경쟁 DNA가 부족하니 뭐니 하는 나 따위 신경 쓸 때가 아니었다.

"그럼 무조건 해야죠, 사범님."

"제희 님도 나가셔야죠?"

나는 최대한 바보 같은 미소를 지어 보이며 시선을 피했다.

언감생심, 무술 대회라니. 물론 처음 운동을 시작할 땐 나도 시니어 대회란 게 있다면 나가보고 싶었다. 빨리 검정 띠도 매고 말이다. 그러나 특공무술을 시작한 지 1년을 코앞에 두고 몸이 많이 약해져 있었다. 오죽하면 지난봄 두 달 넘게 도장을 쉬었겠는가. 나는 우리 도장의 청소년들과 대련 연습을 하는 것만으로도 인생 최대의 아드레날린을 분출하는 중이었다.

그렇게 대련의 나날이 이어지던 어느 날, 사범님이 정해주신 내 파트너와 마주 섰다. 고 1 주원이었다. 하늘과 땅이 인간이 돼 마주한다면 이런 형국일까. 주원이는 우리 도장의 에이스였다. 둘을 붙여두다니 사범님은 대체 무슨 생각일까.

도장에서 가장 멋진 수련생을 꼽으라면 나는 주저 없이 주원이를 든다. 이유랄 게 없다. 가장 성실하고 가장 잘하니까. 주성치처럼 단단해 보이는 몸을 낮은 자세로 유지하며 어떤 동작이든 멋있게 하고, 어떤 난도도 거의 해낸다. 과묵하기까지 해서 자신이 하는 걸 과시하지도 않는다. 게다가 배운 걸 매일같이 묻고 또 물어도 그것도 모르느냐 타박 한번 않고 무성의한 듯 친절하게 가르쳐준다. 나 외에 많은 사람이 쉬는 시간에 널브러져 있는 동안에도 주원이는 혼자 사각백을 머리 높이 들고 스쿼트를 하거나, 물구나무를 서거나, 아령을 들어 올리며 운동을 한다. 저것이 진정한 무도인이구나. 어느 순간부터 주원이가 없으면 도장의 풍경에서 주인공이 빠졌다는 느낌까지 받았다.

그런 고수와의 스파링이라. 내심 안도하기도 했다. 자고로 에이스란 약한 상대를 어떻게 다뤄야 부상을 입히지 않을 수 있는지도 잘 알기 때문에 에이스 아닌가. 역시나. 주원이는 그저 나보다 낮은 위치에서 방어하면서 내가 제 몸 위로 올라와 게임이 쉬이 끝나지 않도록만 했지 잡기, 누르기, 조르기, 발차기 등의 화려한 기술을 단 한 번도 먼저 넣지 않았다. 그런데도 나는 순식간에 주원이에게 제압당해 몸통이 가열하게 돌림당하고 있었다. 내 몸통 위에 올라와 나를 제압하는 주원이가 이마저도 얼마나 살살 하고 있는지가 느껴져서 나는 툭툭 털고 일어나 호기롭게 말했다.

"주원아, 나 지금 봐주는 거야? 힘껏 해봐. 나 이래 봬도 성인이야."

언제나 그렇듯 주원이는 표정 변화를 보이지 않았다. 마주 보고 선 채 녀석에게 잡히지 않기 위해 집중에 집중을 더했지만 결국 또다시 우악스러운 손아귀에 잡혀서 이리저리 흔들리다 넘어지고, 다시 바닥에서 굴림당하고, 녀석이 측방낙법으로 떨어지며 내 몸통을 누르는 형국이 되었다.

야, 너 진짜 힘껏 하는구나.

마침 사범님이 오셨다.

"주원아, 누나 죽어!"

어흐흐흐흑. 그래 이러다 이 누나 죽겠다.

주원이가 들릴 듯 말 듯 말했다.

"아, 단련 단련."

그래, 선배란 이렇게 후배를 단련시켜주는 소중한 존재지. 또 승부의 세계는 냉정한 거니까 상대를 배려하는 건 되레 모욕이 되지. 뭣보다 너는 뭘 해도 다 용서가 되는 우리 도장 꽃이고 희망이고 에이스이고 무게중심이니까.

그렇게 몇 번쯤 주원이에게 단련을 당하고 다음 파트너가 된 아이와 마주 섰을 때에는 생각보다 덜 긴장되었다. 다리를 붙잡혀 암바를 당한 순간에도 상대의 목을 내 발목으로 걸어서 반격을 해볼 수 있었다.

상대가 말했다.

"오, 잘하셨어요!"

"정말?"

"네. 괜찮은 도전이었어요."

나는 호기롭게 말했다.

"아, 그래, 참 좋은 스파링이었다."

대련이란 파트너가 계속 순환되기 때문에 사범님께서 깊은 뜻이 있어서 나를 주원이와 붙여주었던 건 아니다. 다만 다양한 실력의 상대와 겨뤄본 주원이가 노련하게 압박을 가해 나를 상대해주었을 때, 분명 봐주었겠지만 봐준다는 느낌 없이 상대해주었을 때 나는 정말 실제로 힘이 센 상대와 제대로 겨루는 느낌을 순간이나마 받을 수 있었다. 고수란 이런 걸까. 상대의 실력이 어떠하든 당황하지 않고 적절한 수위의 공격과 방어를 오가며, 그럼으로써 상대 역시 내가 제대로 훈련하고 있다는 느낌을 얻으면서 운동할 수 있게 해주는 존재. 물론 주원이 역시 아직 수련생이기에 사범님들에게는 못 미치겠지만, 내게는 사범님에 준하는 너무나 믿음직한 존재였다. 나도 오랫동안 해온 내 일에서 주원이와 같다면 얼마나 좋을까. 치열한 경쟁을 즐기거나 언제나 이기는 사람은 되지 못할지라도 나와 함께 일하는 이들에게 그런 믿음을 줄 수 있다면 얼마나 좋을까. 오래된 경력자가 미칠 수 있는 영향 중 이보다 더 좋은 건 없을 테니 말이다.

박수 칠 때 더 할 것

#연속안다리차기 ❸

    겸손이 미덕인 줄 알고 자랐다. 작은 성과라도 이루면 늘 겸손해야 한다는 가르침을 받아서 자랑이란 걸 제대로 할 줄 모른다. 어쩌다가 '참 잘했어요'란 칭찬을 들으면 자동으로 "아유 아닙니다", "운이 좋았습니다", "이 정도는 누구나 하죠"를 입에 달고 살았다. 말이란 건 참 힘이 있어서, 자꾸 그러다 보니 내가 해온 일들이 별거 아니게 여겨지는 순간이 많았다. 요즘같이 자기 가치를 스스로 높여야 성공하는 시대에 이 얼마나 도움이 안 되는 삶의 자세인가.

집에서 겸손한 바가지 도장에서도 겸손할 것 같지만, 어머나? 아니었다. 조금이라도 잘한 것 같으면 신이 나서 어쩔 줄 몰랐다. 코어 힘이 생각보다 세다고 하시면 씩 웃고, 사범님이 좋아요, 라고 칭찬하시면 속으로 껄껄댄다.

그래? 내가 잘했어?

이건 아마 내 재능이 전무하다시피 한 분야라서 그런 듯하다. 못하는 게 당연한 분야에서 1년에 서너 번쯤 칭찬을 들으면, 심히 즐거워지는 것이다. 도장에서는 사소하게 뭐라도 잘한 것 같으면 '아유, 아닙니다'가 아니라, '크흐, 계속 운동해도 되겠네' 싶어진다. 주로 발차기를 할 때 그랬다. 호신술이나 형(품새) 등에서는, 이거 마시면 나랑 사귀는 거다, 하는 이도 없건만 자꾸 머릿속 지우개가 맹활약하여 맨날 거기서 그 타령이지만, 발차기는 좀 나은 편이었다. 잘하고 싶었기 때문에 다른 동작이나 기술보다는 열심히 했다.

운동을 시작하고 1년 반쯤 흘렀을 때였다. 가을바람이 솔솔 불어와 모기도 기분 좋게 활개를 치던 어느 날이었다. 그날따라 많은 사람이 출석해서 우리는 유색 띠와 검정 띠로 나누어 발차기를 했다. 유색 띠는 도장의 맨 뒤를 보며 한 줄로 서고,

검정 띠는 앞을 보고 한 줄 서 한가운데에 나란히 선 두 사범님에게 다가가 그들이 들고 선 쌍미트를 치는 것이다. 그러면 유색 띠와 검정 띠 들이 자연스럽게 원을 그리며 이동하게 된다.

언제나 그렇듯이 앞차기부터 시작했다. 앞차기, 안다리차기, 찍어차기는 발차기의 기본이므로 제아무리 검정 띠라도 이 기본 발차기를 해야 그다음 단계인 연속안다리차기, 회축(뒤돌려차기), 턴차기 등을 할 수 있다. 검정 띠들은 기본을 건너뛰고 어서 고난도 기술을 요하는 발차기를 하고 싶어 안달일 때도 있다. 이해가 됐다. 발차기의 진짜 멋은 몸을 회전하는 동작부터 발산되기 때문이다. 하지만 나는 이 기본 발차기를 소홀히 한 적이 없다. 유일하게 칭찬을 듣는 발차기가 이 기본에서이기 때문이었다. 그 칭찬이란 다름 아닌 "기계"라는 말이었다. 수석사범님은 종종 내게 칭찬의 의미로 "기계"라고 말씀하신다. 시키는 그대로 교과서처럼 하려고 노력한다는 의미에서였다. 이게 좋게 해석하면 입력 값만큼 출력된다는 뜻이고, 나쁘게 해석하면 그 이상이 없다는 말도 된다. 실제로 사범님은 내게 야생적으로 움직여보라고 주문하실 때가 있다. 그래야 1을 입력했을 때 딱 1만큼만 나오는 게 아니라 3이나 4만큼이 나올 수 있기 때문일 텐데, 운동감각이 유난히 뒤처지는 인간으로

서는 쉬운 일이 아니었다. 의도한 대로만 나와도 감지덕지였다. 그나마, 기본 발차기에서나 그렇지 그다음 단계로 넘어가면 1을 입력해도 마이너스 값이 도출되기 일쑤였다.

그날도 마이너스겠거니 하고 연속안다리차기를 하고 난 뒤였다. 갑자기 환호와 박수 소리가 들려왔다. 검정 띠 라인에서되게 멋진 자세가 나왔다 싶었으나, 아닌 듯했다. 어안이 벙벙했다. 혹시 지금 나한테 박수 치는 거야? 나 지금 날고 기는 중고등학생들에게 박수 받은 거야? 에이, 설마. 이런 의심을 사범님께서 불식하셨다.

"와- 제희 님, 오늘 진짜 좋은데요!"

이게 무슨 일이람. 나는 박수를 치는 나의 중학생 동료들을 향해 쌍엄지를 치켜들고 어깨를 으쓱해 보였다.

'보았느냐, 동료들아. 나의 현란한 발차기를!'

그다음 차석사범님이 들고 있는 미트에 접근했을 때에 나는 최대한 몸을 자연스럽게 회전하며 다시 연속안다리차기를 했다. 이번에도 사범님께서 "오, 좋은데요?" 하시는 것 아닌가. 마음속에서는 자만이 싹을 틔워 금세 꽃까지 피웠다.

아, 나 좀 했나 보네.

이제 뭔가 내 몸이 회전의 감각을 조절하는 거야. 그치?

좋아요!

그렇취!

나는 평생토록 연속안다리차기를 할 수 있을 것처럼 기분이 좋아져 그날 내내 어서 내 차례가 오길 기다렸고, 미트 앞에서도 전처럼 위축됨이 없이 몸을 회전시켜 다리를 걸어차 올렸다. 잘했다고 생각될 때마다 즐거움이 솟아올랐다. 성서에서 이르길 교만은 패망의 지름길이라고 했건만, 웬걸, '우주에서 나만큼 잘 차는 40대 운동치 있으면 나와봐' 심정이 되어, 박수 칠 때 떠나기는커녕 도장의 지박령이라도 될 기세였다.

그날의 박수와 환호는 그렇게 헤매더니 마침내 입력 값의 근사치만큼이 도출된 데에 놀라서 나온 반응이란 것쯤은 나도 안다. 그 뒤 그날처럼 찬 적이 드물기도 하다. 그래도 좋았다. 이제 신체 기량이 퇴보할 일만 남은 줄 알았건만 시키는 대로 계속해왔더니 나아지기도 하는 것 아닌가. 사람은 마지막까지 배움을 놓지 않아야 한다는 이 보편타당한 진리를 특공무술을 하면서 깨닫게 된 것이다. 그러니, 박수 칠 때 떠날 생각일랑 말고 때로는 자아 도취되기도 하면서 더 열심히 하자. 그러면 좀 더 즐겁고 뿌듯한 순간을 맞이하게 된다.

10미터 거리를 확보할 것

#대검방어

    인생의 모든 영역에서, 모든 사람에게 통용되는 삶의 원리라는 게 있을까? 천 명의 사람이 있다면 모습과 생각이 다 다르고 그에 따라 사는 모양도 천차만별인데, 과연 그렇게 보편타당한 원리를 도출해낸다는 게 가능할까? 더러는 가능한 듯하며, 사람들은 이를 '지혜'라고 불렀고, 고대 그리스에서는 철학(필로소피아philosophia, 지혜에 대한 사랑)이라고 했다. 누군가 나에게 살면서 깨달은 인생철학 한 가지만 꼽으라고 한다면 그건 바로 '알맞은 거리 두기'가 아닐까 싶다.

관계에서의 거리 두기는 이제 상식이 돼서 새로운 지혜는 아니다. 한 초등학생이 쓴 에세이에서 '사람과 사람 사이의 거리는 종이 한 장의 두께가 적절하다'는 내용을 읽고 놀란 적이 있다. 그 있는 듯 없는 듯한 미묘한 간격을 잘 지키는 게 얼마나 어려우면서도 필요한지 초등학생이 알고 있다니, 그것참 크게 될 녀석이구나. 나 역시 살아오면서 잊을 만하면 한 번씩 거리 두기의 중요성을 되새겼다. 여전히 텅 빈 외양간 고치듯 '아이고, 이번에도 거리 두기를 잊었네' 하는 순간을 맞고 있지만 전보다는 경각심을 갖고 산다. 나로서는 쉬운 일이 아니다. 타인에게 쉬이 감정이 이입돼 타아의 경계선이 무너지는 순간이 많기 때문에 비록 마음으로이지만 내가 성큼 다가가기도, 타인에게 바로 곁을 내어주기도 했다.

그런 의미에서 내가 제일 무서워하는 말 중 하나를 꼽으라면 "우리끼리니까 하는 말인데……"이다. 그건 너와 나 사이는 종이 한 장 정도의 거리감도 없을 만큼 친밀하다는 것을 전제로 하기 때문이고, 그 말이 정말 우리끼리에서만 그친 경우를 본 적이 없어서이기도 하다. 심지어 그 말을 하는 당사자도 '우리끼리'라는 표현에 확신이 없다는 게 느껴질 때면, '나는 누구? 여긴 어디?' 싶어지는 것이다. 분명히 기억하지 못할 뿐, 아마나도 '우리끼리니까'라는 말을 해보았거나 그런 마음을 품어본 적이 있을 것이다. 그런 마음이 보통은 어떤 유냐 하면, 지금부터 내가 하려는 일면 떳떳하지 않은 말이 지지받기 바라고, 그 지지를 통해 내 생각이 온전한 당위성을 획득하기 바라는, 이를 위해 그와 나 사이에 마땅히 존재해야 하는 거리감을 순간이나마 완전히 불식하려는 심리다. 이렇게 위험한 마음에서 나라고 자유로웠겠는가.

사진을 찍을 때는 피사체와 딱 맞는 거리를 유지해야 원하는 만큼을 사진에 담을 수 있다. 회사와 집의 거리도 중요해서 너무 가까우면 퇴근해도 퇴근한 것 같지가 않고, 너무 멀면 출퇴근으로 진을 빼게 된다. 학내나 사내 연애의 경우도 장거리 연애 못지않게 단점이 크다는 점을 너도 알고 나도 안다. 동업하다가 끝나버린 우정과 혈연관계는 어떠하며, 코로나19가 한창이던 시기에도 '사회적 거리 두기'를 국가 차원에서 독려함으로써 감염병의 확산을 막으려 했던 걸 우리 모두는 선명하게 기억하고 있다. 내 삶의 곳곳에서 이 거리 두기는 그 비중을 상실한 적이 없다.

특공무술에서도 중요할까? 물론이다. 특공무술을 배우다

보면 적당한 거리 두기의 중요성이 잊을 만하면 한 번씩 강조된다. 아무래도 훈련 상대가 필수로 있어야 하는 호신술을 배울 때 가장 부각된다.

특공무술 초급 호신술은 기본적으로 상대에게 손목을 잡혔을 때의 다양한 대응법으로 시작해, 나를 위협하는 이에게 다가가 제압하는 기본꺾기로 연결된다. 이걸 다 배우고 나면 무기를 든 상대로부터 내 몸을 보호하는 기술로 넘어가는데 첫 번째가 몽둥이방어, 두 번째가 대검방어다. '몽둥이방어'는 딱 듣는 순간 알 수 있다. 막대를 든 상대를 피하고 제압하는 기술이다. '대검방어'는 한자어를 보기 전에는 해석의 여지가 갈린다. 큰 검을 든 적을 상대하는 건가, 대나무로 만든 검을 든 자를 상대하는 건가. 둘 다 아니다. 검(劍)을 대(對)하는 방어법을 말한다.

이렇게 열심히 정리해보기는 했으나, 내가 특공무술에서 가장 취약한 분야가 바로 호신술이다. 다현 님은 나에 비하면 호신술 모범생이기는 해도 청소년들과 비교하면 턱없이 부족한 상태다. 얼마나 부족한지, 사범님은 이제 우리의 완전 습득 여부를 고려하지 않고 그냥 진도를 나가기로 하셨다. 우리가 다 암기할 때까지 복습하다가는 10년이 지나도 초급 호신술에서 벗어나지 못하리라고 판단하신 듯했다. 참으로 빠르고도 적절한 판단력이었다. 우리는, 특히 나는 한 주만 지나도 뭘 배웠는지 도통 기억하지 못했다. 호신술 앞에만 서면 열등생인 주제에 메모도 안 하고 노력도 안 한다. 이상하게 재미가 없기 때문인데, 이날은 좀 달랐다.

사범님께서 대검방어의 1수를 가르쳐주셨다. 칼을 든 상대의 손목을 잡아 한 바퀴 돌리고 왼발로 상대의 복부를 빡 찬 다음에 다시 그 다리로 상대의 어깨를 누르며 자빠뜨리는 기술이었다. 생각보다 쉬웠다. 나는 제법 속도를 내서 빠르게 동작을 해 보였다. 사범님께서 웬일이냐는 듯한 눈빛을 보이시며 엄지를 치켜드셨다.

음, 나 잘한 거야?

칭찬을 받으면 보통 기분이 매우 좋아져서 어깨춤이라도 추고 싶어지지만 이번엔 아니었다. 비록 플라스틱 장난감이었대도 검을 든 상대와 마주하는 건 떨리는 동시에 실로 많은 생각을 안겨주는 일이었다. 어째서 저런 무기로 사람이 사람을 위협할 수 있을까. 왜 그런 상대를 가정하고 이런 호신술까지 습득해야 하는 걸까. 세상이 정말 이래도 되는 걸까? 심지어 수십 넌 전엔, 특수 군인들에게 총신에 저런 검을 달고 한 지역의 민간인들을 학살하도록 했지. 나는 복잡해지려는 생각을 가다듬고, 칭찬을 들었음에도 흥겹지 않게 홀로 동작의 구간별 복습을 하고 있었다.

수석사범님께서 다가와 질문을 던지셨다.

"제희 님, 검을 든 상대와 몇 미터 거리를 유지해야 안전하게 방어하거나 도망칠 수 있을까요?"

"음, 3미터?"

"좋습니다."

그러더니 3미터쯤 가시고는 손에 칼을 쥔 듯한 자세로 내게 다가오셨는데, 나는 속수무책으로 사범님 손아귀에 들어가 복부를 찔렸다.

"너무 가깝죠, 3미터는?"

그랬다. 지나치게 가까웠다.

"그럼 몇 미터가 적당할까요?"

"5미터?"

그러자 또 이쯤이 5미터 거리라며 사범님이 내게서 성큼성큼 멀어지셨다. 다시 사범님이 칼을 든 듯한 손 모양으로 하고 내게 다가오면 나는 도망치거나 방어를 하기로 했다. 5미터가 그렇게 짧은 거리일 줄 몰랐다. 분명히 열심히 줄행랑을 친 줄 알았는데 또다시 금세 사범님의 손아귀에 들어가 무참하게 복부를 찔렸다.

대체 몇 미터여야 안전할까?

"10미터면 될까요, 사범님?"

"좋습니다, 제가 10미터 떨어져볼게요. 제희 님한테 공격하러 다가갈 테니 대응해보세요."

방어는 생각지도 못하고 도망을 쳤다. 그쯤 되니 순식간에 잡히지는 않았다. 사범님 말씀에 따르면 칼을 든 상대와의 안전거리가 과거 5미터이던 것이 최근 10미터로 공식화되는 추세라고 한다. 공격을 예고하고 다가오는 게 아니므로 못해도 10미터는 떨어져 있어야 도망을 치든, 방어를 하든 할 수 있다는 것이다.

거리 두기는 공격에서도 중요하다. 가령, 회축(뒤돌려차기)에서도 알맞은 거리를 확보하지 않은 채 다리를 뒤돌려 차보았자, 헛발질을 할 뿐이다. 상대와의 거리가 딱 치기 좋은 간격일 때 케이오를 시키든, 휘청이게 하든 할 수 있다.

공격과 방어 모두에서 거리 두기가 얼마나 중요한지 깨달은 날이었다.

붙어?

말아?

튀어?

10 m

총검은 보통 사람들의 삶과는 아주 거리가 먼 물건이지만, 요즘 무차별 폭행 및 살인 사건을 보면 꼭 누아르 영화가 아니라도 누구나 그런 위험 상황에 처할 수 있다는 공포가 대중에 널리 퍼져 있다. 우리 회사 동료 하나는 묻지 마 칼부림 사건이 한창일 때, 점심시간이 되어도 외출을 못 하고 며칠간 배달 음식만 먹었고 저녁 회식 때에도 해가 지기 전에 귀가했을 정도다.

꼭 총검을 든 무시무시한 사람만이 우리가 상대해야 하는 적인 것도 아니다. 사람은 보통 잘 알고 지내는, 다시 말해 마음의 거리가 짧은 사이에서 내적 치명상을 입는다. 왜 그럴까 생각해보면, 관계라는 게 흘러가는 속성이 강해서인 듯하다. 상황이 변하면 숨겨져 있던 그 사람의 이면이 발현되고, 그러면 필연적으로 관계의 내용도 달라진다. 이 때문에 언제나 좋기만 한 사람도, 늘 나쁘기만 사람도 없고 나 자신조차 공격하는 입장이었다가도 방어하는 상황에 처하기도 한다. 그래서 거리가 중요하다. 알맞은 간격을 유지하고 있다면, 내가 아끼는 그 사람을 상대로 공격이나 방어 자세를 취해야 할 일 자체가 드물고, 설령 생긴다 해도 잘 피하거나 정확하게 필요한 타격을 할 수 있다. 사랑하고 소중하므로, 오랫동안 그 마음을 유지하고 싶으니까 그 종이 한 장만큼의 간격을 절묘하게 유지해야 하는 것이다.

호신술을 통해 이렇게 또 한 번 인생의 지혜를 엿보았는데, 어찌 생각하면 슬픈 지혜, 애석한 철학이었다. 사람이 어떤 상황에서도 한결같고, 그래서 서로 잘 통하는 이들끼리 변함없이 긴밀하게 붙어 지낼 수만 있었다면, 때로는 쓸쓸함을 안겨주는 이 거리 두기가 지혜의 자리를 차지하지 못했을 테니 말이다.

3초의 관대함을 베풀 것

#무술대회

1년에 십수 번은 기차를 탄다. 강연으로 타 지역을 방문할 때나 고향집에 갈 때다. 기차표를 최소 2, 3주 전에는 예매해두는데, 좌석 번호는 거의 정해져 있다. 30번에서 37번 사이에서 고른다. 33번이면 가장 좋지만 없다면 되도록 3이 앞자리에 들어간 자리를 고른다. 학창 시절 사지선다형 문제를 찍어야 할 때도 고민 없이 언제나 3이었다.

나뿐 아니라 많은 한국인이 이 숫자를 좋아한다. 기차표를 끊을 때에도 33번 좌석은 어지간하면 이미 다른 이가 예매한 상태다. 많은 이에게 3이 이렇게 좋게 느껴지는 이유는 아마도, 아주 어렸을 때부터 3을 둘러싼 많은 이야기를 들어와서 아닐까. 더도 덜도 없이 꼭 세 번을 의미하는 삼세번, 강남 갔던 제비가 돌아오는 음력 삼월 초사흗날인 삼짇날, 아기를 점지하고 산모와 산아를 돌보는 세 신령을 뜻하는 삼신할머니 같은 말들 말이다. 하나같이 완전한 상태, 희망찬 소식 등과 연결돼 있다.

연설에서도 3의 법칙이 작용한다고 한다. 청중은 한 번에 세 가지 정도의 정보만 기억할 수 있다는 법칙이다. 이 때문인지 스티브 잡스도 2005년 스탠퍼드 대학교 졸업식 축하 연설에서 "오늘 저는 여러분에게 인생에서 일어난 세 가지를 이야기하고 싶습니다. 그리 대단한 이야기는 아닙니다. 딱 세 가지입니다" 라는 말로 시작했다고 한다(그 세 가지가 뭔지는 이 글에서 중요하지 않으므로 넘어간다). 내가 왜 시험 문제에서 3만 내리 찍어대는지 아주 잘 알겠는 예시다.

심리학에도 3의 법칙이 있다. 같은 행동을 하는 사람이 세 명이 되면 다른 사람이 그 행동에 동조하는 현상을 가리키는 이론이다. 이와 관련된 대표적인 실험이 있다. 횡단보도에서 한 명이 하늘을 쳐다보면 대다수는 관심을 두지 않는다. 두 명이 하늘을 쳐다봐도 마찬가지다. 그러나 하늘을 쳐다보는 사람이 세 명이 되면 가던 길을 멈추고 똑같이 하늘을 보는 사람이 급격히 늘어난다. 이런 군중심리를 이용하여 혹자는 마케팅법을 설파하고, 혹자는 사회정의를 구현하려 한다.

그 밖에도 여러 이야기를 할 수 있다. 세 개의 점이 모여야 비로소 하나의 면이 형성되기도 하니 3은 수학적으로도 의미 있게 느껴진다. 개신교에서도 자신들의 신을 성부, 성자, 성령이라 일컬으며 삼위일체론을 말한다. 요술램프의 지니나 우리나라의 산신령님도 소원은 딱 세 가지만 들어주고, 야구에서도 세 번째까지는 타자에게 타격할 기회를 준다. 파고들어가보면 3을 둘러싼 철학적이고 과학적이고 문화적인 많은 이야기를 할 수 있을 것이다. 특공무술에서도 이 3에 대해서라면 할 말이 좀 있다.

도장에 갈까 말까, 고민이 이어지던 나날이었다. 특공무술 대회가 다가옴에 따라 단 하루도 대련 없이 지나가지 않았기 때문이다. 이제까지 대련 시간만은 기피하면서 출석했으나, 주 3회 운동을 기본 원칙으로 삼은 나는 더 이상 대련이 있고 없고를 생각하지 않기로 했다.

해야 되면 하는 거지.

중학생들과 스파링을 거듭하다 보니 아주 조금은 자신이 붙기도 했다. 전에는 도복 깃만 잡혀도 무서워서 스스로 자빠지기를 불사했지만, 이제는 괜히 다리도 걸어보고, 백발백중 실패하는 업어치기도 시도해보고, 밑에 깔렸을 때 몸부림치며 빠져나가려 용을 쓰기도 했다. 여전히 대련은 재미없고 긴장되는 훈련이긴 하나 운동을 쉬게 할 정도의 압박감을 줄 정도는 아니게 되었다. 발전이라면 발전이었다.

우리 도장에서는 서너 명이 대회에 나가기로 한 모양이었다. 나도 처음 무술을 배울 때에는 대회에 나가볼 마음이 있었다. 무릇 무도인이라면 낯모르는 이와 팽팽한 신경전을 벌이면서도 평심을 잃지 않고 절묘한 공격을 가해 메달 하나쯤은 따보아야 하지 않겠는가! 마음은 이렇게도 푸르고 혈기 왕성했으나, 이즈음의 내 몸은 여러 가지 이유로 지쳐 있었기에 엄두를 낼 수 없었다. 그저 주 3회 운동 하나만은 완수하자는 정신으로 지내고 있었다.

대회를 며칠 앞둔 어느 날, 이날은 체력 단련이 끝났는데도 대련이 없었다. 대회 규칙을 전달해야 했기 때문이다. 득점 및 실격 기준에 대한 설명이었다. 대회에 나가지 않는 나는 굳이 그 자리에 있을 필요가 없었지만, 마치 도장을 대표해 출전하는 에이스라도 된 듯 정말 열심히 들었다. 재미있었기 때문이다.

우리를 둥그렇게 둘러앉힌 사범님은 한가운데에 서서 1점, 2점, 3점을 언제 얻을 수 있는지, 언제 실격을 당하는지 등을 설명했다. 가만 들어보니 대회마다 득점 기준이 조금씩 다른 모양이었는데, 내 귀가 번쩍 뜨이는 건 따로 있었다. 바로, 상대를 업어치기 등으로 자빠뜨려도 만약 그 사람이 3초 안에 일어나면 득점이 없다는 것이었다. 즉 설령 공격에 속수무책으로 당했어도 벌떡 일어서기만 하면 실점하지 않는다는 뜻이다.

사범님은 몸소 시범을 보여주셨다. 한 학생을 가운데로 나오게 하더니 자신을 업어치기로 메다꽂으라고 명하셨다. 실제로 메다꽂힌 사범님은 그 즉시 스프링 인형보다 훨씬 탄력감 있는 몸놀림으로 자신의 건장한 체격을 일으켜 세우셨다. 3초는커녕 1초도 안 걸린 듯했다. 사범님 같은 고수가 1초 만에 가능하다면 보통 사람은 정말 3초 안에 일어서는 게 가능할 듯도 했다. 긴장감 넘치는 시합에서 3초는 결코 짧은 시간이 아닐 것 같았다.

이 얼마나 신사적이고 관대한 운동인가. 공격에 쓰러져도 3초 안에 일어나기만 하면 다시 기회가 온다니, 말하자면 넘어진 게 없는 듯한 결과가 된다니. 정말 마법 같았다. 알고 보니 이렇게 여기저기서 다들 삼세번의 관대함을 적용하고 있었던 거구나.

나는 마치 3의 비밀을 처음 발견한 사람처럼 사범님의 그 설명에 깊은 감화를 받았다. 지난날 실패의 감정으로 지질하게 바닥을 기며 자책하던 나 자신이 그려졌기 때문이다. 3초 안에 일어서면 없던 일이 되는데, 그걸 몰랐구나! 꼭 사범님처럼 바닥에 손도 대지 않고 멋있게 일어설 필요도 없었다. 자책하지 말고 그냥 적절한 시간 안에 일어서기만 하면 큰 부담 없이 다시금 자신의 인생을 주시하면서 새로운 시합을 벌일 수 있다. 만약 자책을 해야 한다면, 넘어졌다는 사실이 아니라 적절한 타이밍에 일어설 생각을 하지 못한 점에 대해 해야 했다.

마음만은 도장을 대표하는 선수인 나는 사범님께 물었다.

"내가 쓰러뜨리는데도 상대가 계속 3초 안에 일어서면 어떡하죠?"

"그러니까 일어서기 전에 마운트 타서 암바로 연결하거나 트라이앵글 초크를 걸어야죠. 그냥 3초만 눌러버리면 됩니다. 시범을 보여드릴까요? 누가 나올래?"

하나같이 시선을 외면했으나, 결국 도장의 진짜 에이스인 주원이가 호출됐다. 사범님의 업어치기에 이은 트라이앵글 초크에 비명을 내지르는 주원이를 보며 역시 못해도 3초 안에 일어서야 나 자신에게 관대함을 베풀 수 있다는 걸 깨달았다. 그 3초란 그러니까 너무 늦지 않게, 필요한 만큼은 빠르게 말이다.

비고란은 비워둘 것

#승단 시험

"제희 님, 신청 서류를 써야 해서요. 진짜 승단 시험 보실 거예요?"

수석사범님께서 물으셨다.

"네, 사범님."

사범님의 눈빛이 아주 잠시이지만 흔들렸다. 참으로 오랜만에 보는 모습이었다. 언제였던가. 내가 보호자가 아니라 수강생으로서 입관 서류를 쓰러 왔다고 말한 날 이후 처음이었다. 우리 수석사범님은 웬만하면 당황하지 않는다. 어떤 상황에서도, 그 어떤 질문을 받아도 망설임이 없는 카리스마 자체인지라 나로 하여금 자주 감탄사를 내뿜게 하는 체육인인데, 그런 분이 당황했다는 건 내 열의가 많이 무모하다는 뜻이었다. 지난해 말부터 다현 님과 내게 승단 시험을 보라고 독려했던 건, 어쩌면 그런 정도의 열의로 진지하게 운동하라는 뜻이었던 모양이다. 진짜 이 장년의 수강생이 시험을 보겠다고 할 줄은 모르고선 말이다.

나도 내가 그럴 줄 몰랐다. 승급 시험이 아니라 승단 시험이었다. 우리는 어느새 빨간 띠를 두르고 있었고, 그다음에는 검정 띠이며, 검정 띠 시험은 승급이 아니라 승단용인지라 협회의 타 사범님들 앞에서 치러야 했다. 호락호락하지 않았다.

다현 님이 귀갓길에 진심으로 궁금해하는 얼굴로 물었다.

"제희 님, 진짜 시험 보실 거예요?"

"네, 그래보려고요."

"그럼 이제 제희 님과 저는 다른 길을 가는 거예요. 저는 절대 시험 보지 않을 거예요."

"에이, 한 번 더 생각해보세요."

"전 정말 사람들 앞에 서는 게 싫어요. 검정 띠 같은 건 필요 없다고요."

이해가 됐다. 도장에서 승급 시험을 보는 날 둘 다 얼마나 긴장하고 부끄러워하고 자괴했던가. 우리 도장의 사범님들 앞에서도 그러했는데, 하물며 낯모르는 사범님들 앞에 가서, 그것도 넓디넓은 체육관에 가서 시험을 봐야 한다니, 당연히 나도 싫었다. 그러나 우리는 이미 특공무술을 배우기 시작한 순간부터 그토록 기피하던 걸 조금씩 하며 살고 있는 셈 아닌가. 나는 대체 승단 시험이란 건 어떻게 생겨먹은 건지 경험해보고도 싶었다. 열심히 다현 님을 설득해보았다. 새 도복을 사주겠다, 꽃 등심을 사주겠다, 함께 추억을 만들어보지 않겠는가……. 조금도 주효하지 않았다.

그렇게 다현 님과 나는 진짜 다른 길을 가는 줄 알았다. 우리 수석사범님이 한다면 하는 분이라는 걸 잊고선 말이다. 어느 날 보니 사범님의 설득과 추진력에 못 이겨 다현 님도 나와 같이 승단 시험을 준비하고 있었다. 다만 다현 님은 매일같이 슬픈 얼굴을 하고선 도장에 왔다.

"제희 님, 정말 시험 보실 거예요?"

내 실력을 가장 잘 아는 다현 님 입장에서는 아주 타당한 질문이었다. 유단자가 되고 싶다면 동작명을 듣는 즉시 그것이 무엇이든 바로 자세를 잡을 줄 알아야 하지만, 나는 발차기할 때나 약간의 총기를 발휘하지 그 밖의 상황에서는 "진짜 제가 그걸 배웠나요?"라는 질문으로 사범님들을 황당하게 하는 열등생이었다. 이래선 곤란했다. 그날 바로 작업에 들어갔다. 그동안 무엇을 배웠는지 떠올리며 목차를 잡아보았다. 총 4쪽에 걸쳐 단정하게 정리된 차례를 보니 마음이 한결 편안해졌다. 책을 편집하거나 한 권의 원고를 쓸 때에도 가장 먼저 해보는 일이 이 차례 정리인데, 그러고 나면 어느 정도 각이 잡혔다는 생각이 들게 마련인지라, 나는 마치 특공무술 백과사전 한 권을 정리한 기분이 들었다. 동시에 다현 님이 왜 그렇게 걱정했는지 깨달았다. 세상에, 그동안 우리가 이 모든 걸 다 배웠어? 정말?

정말이었다. 500쪽 단행본 분량으로 원고를 쓸 수도 있을 것 같았다. 사범님 눈빛이 왜 그렇게 흔들렸는지도 이해됐다.

그때부터였다. 문서로 각각의 세부 동작을 자세하게 정리하고, 유튜브로 동영상을 찾아보며 아무 데서나 동작을 취해보았다. 회사 화장실 앞, 횡단보도 앞, 지하철 플랫폼, 고향집 마당, 안방과 거실 등 장소를 가리지 않았다. 도장에 가면 평소 그림자도 밟지 않았던 사범님들에게 다가가 이것저것 질문했다. 함께 운동하는 학생들에게도 성큼성큼 접근해 제안하거나 물었다.

"우리 바깥손목수를 해볼까?"

"특공2형에서 회축 다음에 뭐였지?"

친절하지 않은 이가 없었다. 그들은 몇 번이고 내 질문에 답해주었고, 함께 자세를 잡아주었다. 그러다 보니 자신감이 붙는다까지는 아니지만 개운해졌다. 그때그때 시키는 대로만 운동에 임하다가 스스로 배운 내용 전체를 일괄해보니, 아주 오랫동안 청소하지 않았던 집을 쓸고 닦고 정리하는 기분이라고 해야 할까. 혼돈의 세계에 질서가 부여된 느낌이었다. 어느 순간엔 마의 호신술만 넘으면 어쩌면 통과할지도 모른다는 기대심까지 들었다.

그렇게 승단 시험일을 맞이했고, 시험장인 분당의 모 고등학교 체육관에 들어서는 순간 우리는 잠시 평심에 타격을 받았다. 난 누구고 여긴 어디인가. 난 왜 저기에 있는 내 친구들, 그러니까 수많은 초등학생의 보호자들과 함께 카메라를 들고 있지 않고 이 추운 날에 도복만 입고 맨발로 체육관 바닥에 앉아 있는가. 정신을 가다듬었다. 스포츠와 시험은 다 정신력 싸움 아니던가. 머릿속으로 동작을 복기해보고, 구석으로 가서 손짓

발짓으로 이런저런 자세를 취해보았다. 그래, 떨어져도 괜찮아. 그냥 외운 대로만 하는 거야. 틀려도 기합을 크게 지르면서 하는 거야. 그러다 보면 어쩌면 될지도 몰라!

그렇게 인생의 드라마는 완성된다.

불가능하게 여겨졌던 일이 실현되고, 그 과정에서 엄청난 희열과 성취감을 느끼고, 함께한 동료들과의 우정은 깊어지며, 매일매일 한 단계씩 발전해나가면서 우리 인생도 전진하는 거다. 그것이 바로 건설적인 삶이다!

정말 인생이 드라마라면 말이다.

엉망진창이었다. 틀릴 거라 조금도 걱정하지 않았던 동작들을 취할 때조차 머리가 하얘져서 남들은 한 바퀴 돌아 앞을 보고 있을 때에 뒤를 보았다. 나는 내 몸이 무슨 동작을 취하는지 제대로 인지할 수가 없을 만큼, 긴장했다는 기분조차 느낄 수 없을 만큼 긴장했다. 그저 심사하는 사범님들이 문제를 내면 열심히 자세를 취해볼 따름이었다. 다시금 절감했다. 아, 이 재능 없음의 슬픔이여. 이런 불친절한 체육 같으니라고!

시험이 끝나자 사범님이 다가와서 우리를 위로해주셨다. 잘하셨어요.

에이, 최소 서너 번은 틀린 것 같은데 잘했다고요? 세 번이면 탈락인데요? 우리가 아무 말도 하지 않자 사범님이 다시 기운을 북돋아주시려 했다.

"제가 신청 서류 비고란에 이런저런 걸 적었어요."

음. 뭘 적으셨을까?

"방향치, 뭐 그런 거 있다고 적었거든요."

아니, 비고란에 그런 걸 적어도 돼요? 핏, 웃음이 났다. 자세히 말씀은 안 하셨지만 어느 정도 짐작이 됐다. 우리의 나이와 많이 부족한 운동신경을 감안해 좀 봐달라고 적으셨구나. 무서운 얼굴로 연습시키더니 사실은 인간미 넘치는 포석을 깔아두셨네. 내심 더 아쉬워졌다. 반전 드라마처럼 나 자신과 사범님과 동료를 놀래고, 엄청난 성취감을 얻으면 좋았을 텐데, 현실은 비고란에 기대는 것이구나. 그러니까 결국 다음 달에 발표되는 시험 결과가 무엇이든, 이다음엔 비고란 따위 필요 없을 만큼 열심히 해서 다시 잘해보는 수밖에 없었다. 자신이 원해서 하는 일이라면 참고 사항이 없어도 되는, 본론으로도 충분한 결과를 누구라도 원할 테니까.

보상이 없는 장래 희망을 품을 것

얼마 전 에세이 쓰기를 주제로 강연을 하기 위해 초등학교에 갔을 때였다. 오전에 학부모 참관 수업이 있었던 터라 아이들이 지쳐 있을 거라고 담당 선생님이 언질을 주셨다. 수업 주제가 '장래 희망'이었다는 얘기를 듣는 순간, 너무 이해가 되었다. 선생님도, 학생들도 모두 고생하셨다는 말이 절로 나왔다. 요즘 어린이와 청소년은 진로 문제를 어느 시대보다 치열하게 고민한다더니 사실인 모양이었다.

100세 시대라고 하면서 십 대 초중반에 진로를 결정하라는 건 얼마나 무모한 일인가. 더욱이 과학기술 발전으로 시대 변화가 숨 가쁜 마당에 자꾸 장래에 뭐가 되고 싶으냐고 질문하면, 묻는 자나 답하는 자나 어느 정도는 무의미한 시간을 보내는 셈이다. 이젠 사람이 일평생 직업을 몇 번이나 바꾸어야 할지 모르는 시대라고들 한다. 한 가지 직업으로 21년째 사는 나조차 그다음 밥벌이를 고려해야 하는 시기를 맞이했으니 과거 내 장래 희망이 뭐였든 현재의 나에게 큰 영향은 없다.

초등학교 5학년 때였다. 장래 희망이 뭔지 한 명씩 일어나서 답하는 시간이 있었다. 나는 그때 뭐가 되고 싶은지 몰랐다. 마침 아버지께서 전직 모 대통령은 어려서부터 책상에 '대통령'이라는 글자를 새기면서까지 큰 꿈을 꾸었노라고 말하며 압박하신 게 기억에 남아, 까짓 나도 대통령이라고 하지 싶어서, 그렇게 말했다.

"내 꿈은 대통령입니다."

그 순간 부끄러움이 엄습하면서 자신을 지키기 위한 인지부조화가 시작되었다. 실제 내 꿈이 대통령인 듯한 기분으로 순식간에 전환된 것이다. 주먹을 불끈 쥐었던 듯도 하다. 사춘기 소녀의 사고란 그렇게 허무맹랑하게 흐르기도 하는 법이다.

장래 희망이라는 건 보통 대가와 보상이 뒤따르는 밥벌이를 의미한다. 먹고사는 문제는 중요하니, 자녀가 보상이 적거나 없는 일에 매진하겠다면 당연히 걱정도 될 거다. 하지만 한 해 한 해 살아갈수록 무엇이 될지보다 어떤 삶을 살지가 훨씬 중요하다는 생각이 확고해진다. 어떤 마음가짐으로 살아갈지 방향을 잡지 못하면 무엇을 하며 살든 행복하지도, 진짜 자신이 누구인지도 알기 어려워진다. 나는 어쩌다 보니 내 몸 하나는 건사하고 있지만, 과연 좋은 삶을 살아왔는가 묻는다면 잠시 망설이게 된다. 자신의 행복에는 아주 오랫동안 무관심한 채 지내왔기 때문에 오롯이 나를 위해 돈과 시간을 투자하면 여전히 마음 한편이 조금은 무거워진다.

그런 의미에서 특공무술이란, 순수하게 아무 망설임이나 죄책감 없이 오롯이 나를 위해 시간과 비용을 들이는 일이라는 점에서 특별하다. 그런 만큼 생각지도 않은 상황에 자발적으로 뛰어들게도 된다.

지난 주말, 우리 도장의 유일한 동년배인 다현 님에게서 문자 메시지가 왔다. 다음 날 전국무예대축전이 있고 우리 도장 에이스인 주원이네 형제가 특공무술 부문에 출전하니 같이 가서 응원하지 않겠냐는 것이었다.

아, 맞아. 대회가 있었지.

수개월 전엔 나도 참가하고 싶어 했지.

관심이 있었다. 무술을 시작한 이상 10초 만에 끝나더라도 대회에 나가보고 싶었다. 안 된다면 구경이라도 하고 싶었다. 사범님께 제 연배에도 나오는 사람이 있을까요, 물어보며 간을 보던 차에 물리치료를 받아오던 팔과 손목의 상태가 악화돼 마우스 클릭조차 힘겨워졌다. 대회에 대한 관심도 시들해졌다. 도장에서도 손과 팔을 많이 써야 하는 대련이나 호신술은 되도록 피하고 하체 운동과 발차기, 형을 열심히 했다.

더욱이 문자를 받은 토요일 저녁엔 왕복 다섯 시간 거리를 이동하며 강연을 하고 온 터라 지쳐 있었고, 다음 날 쉴 생각에 행복해하고 있었기 때문에 망설였다. 아, 가는 게 좋을까? 사범님께서 응원을 해주면 좋겠다고는 하셨는데?

잠시 고민한 끝에 답했다.

"그러시죠, 가시죠."

소규모인 우리 도장에서 동료가 참가하는데 응원이라도 해줘야 할 듯했고, 특공무술을 배우는 이상 대회 현장에 한 번쯤은 가보고 싶었고(언젠가 나도 나갈 테니까?), 배려심이 깊은 다현 님이 내가 관심 있어 했다는 걸 기억해 건넨 제안이었기에 거절하고 싶지 않았다. 그리하여 같이 운동한 지 2년이 다 돼가지만 개인적으론 만나본 적이 없는 두 사람이 일요일 아침 8시 반에 만나 학부모가 아니라 일원으로서 나섰다. 그리고 결과는…… 아오…… 진짜 특공무술인의 의리로 간신히 하루를 버텼다, 로 요약할 수 있겠다.

우리 두 사람은 계획형인지라 아침 8시 30분이라는 고지된 시간을 철석같이 지켜 현장에 갔지만, 제시간에 시작하는 건 하나도 없었다. 심지어 도장 사람들도 안 보였다. 공개된 식순도 없어서 스태프들에게 묻고 물은 끝에 특공무술 대회는 오후에나 열린다는 걸 알았다. 오후. 몇 시 몇 분이 아니라 그냥 오후. 그게 우리가 알 수 있는 정보의 전부였다. 우리 도장 친구들이 참가하는 타격 대회는 오후 1시가 돼서야 시작한다는 걸 대략 15분 전에야 알 수 있었고, 그마저도 당사자들의 순서는 언제인지 기약이 없었다. 무술 대회란 참가자에게나 관람자에게나 기다림의 연속이었는데, 오래전부터 무예인이었던 이자들은 그런 기다림 따위 아랑곳없는 듯했다.

사무직에 최적화된 다현 님과 나는 "세상에, 식순 안내도 없어", "맙소사, 관계자들도 순서를 몰라", "세상에, 그냥 오후래.

몇 시도 아니고 그냥 오후래", "이거 실화인가요?"를 반복하며 계속 광화문 주변을 배회하고, 산책하고, 도장 친구들에게 간식을 좀 사주고, 그러다 지쳐 점심을 먹고, 그러다 마침내 여섯 시간과 여덟 시간을 기다린 끝에 우리 순서가 도래했을 때 무더기로 출전하는 상대 도장 청소년들에 맞서 목소리 터져라 응원하고, 형제가 금메달을 목에 거는 모습을 사진으로 담은 뒤, 바람과 같이 귀가했다. (대형 도장 무술인들아 보았느냐, 고작 두 명이 출전했으나 모두 승리하는 모습을?)

그렇게 온전히 하루를 함께하며 나누었던 많은 이야기 가운데, 내 마음속에 자리한 말은 다현 님의 한마디였다.

"대가 없는 일을 해보자 싶어서 나왔어요."

자신은 어려서부터 보상이나 대가가 없는 일은 하지 않는 게 너무도 당연했으나, 돌이켜보니 그러한 이유로 추억이 적다는 사실을 최근에 깨달았다는, 가령 교회에 다니고, 동아리 활동을 하고, 자원 봉사를 하는 등 그 모든 행위에는 추억이라는 대가가 따를 수도 있겠다는 생각을 하게 되었다는 것이다. 이처럼 마음이 따뜻해지는 말이 없었다.

아, 내가 뜻하지 않게 감정에 따라 해온 소소한 일들, 그 실익이 없던 일들은 그래 맞아, 나에게 때로는 고뇌에 찬 관계를 경험하게 해주었고, 때로는 특별한 문화 체험을 하게 해주었고, 더러는 몰랐던 나 자신을 발견하게 되는 순간과, 결과적으로 추억이라는 걸 안겨주었지. 그래서 오늘도 내가 이 자리에 있구나, 그래서 내가 난데없이 특공무술을 하고 있구나, 나로서는 큰 도전인 역동적인 운동을 했었노라고, 언젠가 추억하겠구나. 이런 순간을 함께하자고 해주다니, 최태수 사범님, 박정웅 사범님, 황다현 님, 진짜 고마운 사람들이다.

특공무술을 일주일에 서너 시간 한다고 해서 갑자기 신체 건강이 혁신적으로 좋아지진 않는다. 이 운동을 계기로 대인관계를 넓혀서 외향적으로 살게 되는 것도 아니다. 다만 적지 않은 나이, 유난히 뒤처지는 운동신경, 내향인이라는 한계를 무릅쓰고 이 운동을 해나가는 건 앞으로 어떤 삶을 살아갈지에 나름의 답을 내리는 것이었다.

과거 어린 시절의 나는 장래 희망이 무엇인지 몰랐고, 여전히 잘 안다고 할 수 없다. 장년이 되었다 해서 희미한 연필 스케치 수준의 미래를 선명한 펜화인 양 그리지는 못한다. 그때그때 즐겁고, 비교적 잘 맞고, 할 수 있는 일을 하면서 사는 게 평범한 사람의 인생이라고 여전히 생각한다. 하지만 적어도 삶의 자세가 확실해졌다는 점만은 펜으로 그린 세밀화 이상이다. 생각지도 않은 일을 해보며 인생의 영역을 한 발자국씩 넓혀가고, 그러면서 자신을 더욱 잘 알고, 그래서 지금보다 더 즐거울 것. 그리하여 역동적으로 평화로울 것. 지금의 나에게 장래 희망이 무엇이냐고 묻는다면 "대통령"이라는 대답 대신 그렇게 말할 것이다.

사범님들은 우리가 온 자체에 놀라고, 지나치게 고마워하며 신경을 썼다. 그건 보상이 없는데 왜 왔을까 싶어서였을 테지만, 우리는 어쩌면 추억이라는 대가를 안겨줄지도 모를 장래 희망을 실현하기 위해 그곳에 있었다. 가시적인 보상이 없어도 괜찮다. 금세 실력이 늘지 않아도 괜찮다. 타인에게 왜 그걸 하는지 의문을 안겨주는 선택이어도 괜찮다. 무언가를 하고 싶다면, 인생의 어느 시점에 있든 지금이 바로 그 일을 해야 하는 때이며, 그 순간들이 점처럼 모여서 우리의 장래를 또렷한 선으로 그려줄 것이다.

바닥을 치긴 했는데
많이 안 다쳤어.
다시 해봐야지.

누구나 킥이 필요한 순간이 있다

초판 1쇄 인쇄 2024년 3월 14일
초판 1쇄 발행 2024년 3월 27일

지은이 도제희
펴낸이 이승현

출판1 본부장 한수미
라이프 팀
편집 곽지희
디자인 김준영

펴낸곳 ㈜위즈덤하우스   **출판등록** 2000년 5월 23일 제13-1071호
주소 서울특별시 마포구 양화로 19 합정오피스빌딩 17층
전화 02) 2179-5600   **홈페이지** www.wisdomhouse.co.kr

ISBN 979-11-7171-175-8 03810